ゴシック＆ロリータ幻想劇場

大槻ケンヂ

角川文庫
15515

ミッキーマウスとうさぎくん

目次

巻頭歌——エリザベス・カラーの散文詩

エリザベス・カラーを首に巻いた少女たちがこの世界に解き放たれた。

彼女らは、黒煙だ。炎の後の炭が発する煙のように、この世界の四方八方、それこそ千《せん》駄木《だぎ》根津《ねづ》谷中《やなか》の細い煉瓦《れんが》作りの路地でさえも、体を斜めにして、エリザベス・カラーの幅さえあれば、間隙《かんげき》を縫い、間隙を突き、入り込もうとする。

それを阻む特殊部隊は、サンクトペテルブルクの歴史改竄《かいざん》主義者からなるクズ共によって組織された「クローン人間」、つまりは人間モドキたちなのだ。その内、ブルース・リーのDNAから増殖された人間モドキは3体。それぞれブルース・ワン、ブルース・ツー、そしてブルース・スリーと名付けられた。特殊機関はランDMC以上にリリックが得意なのだ。ジャンヌ・ダルクの人間モドキなどは、まばゆいばかりに輝く甲冑《かっちゅう》を着ていた。

エリザベス・カラーを首に巻いた少女たちの着るゴシックなドレスは、比喩《ひゆ》的表現ではなく、現実のものとしてチョコレート製であった。カカオ、ブラック、ビター、褐色あるいは漆黒のフリフリの付いたお洋服は、そもそも布と糸の代わりに甘美と麻薬的な香りによって縫われている。

ドレスは、日に1度フォーを食べることだけが生きがいの、サイゴンの一部貧民によって工場で作られてきた。ベトナム戦争における枯れ葉剤同様のアメリカの失敗という考え方も可能だが、むしろ工場における工員（多くは16歳の少女たち）の働かされ具合にこそ僕たちは刮目《かつもく》すべきであろう。グラムロックのよさのわからぬ彼女らの肉体に対し、アメリカ陸軍はあろうことか、マーク・ボランのレッドサンバースト・レスポールギターをダイレクトにプラグインしたのだ。米兵が「テレグラム・サム」「ザ・スライダー」といったT.REXの名曲を弾く度に工員少女たちの全身はビリビリビリビリと打ち震えた。誤解なきよう言っておけば、これは別にセックスを暗示する表現ではなく、体中のどこかにプラグインされたシールドからギターを通して、実際に電気的刺激がベトナム工員少女たちのボディをわななかせたという話だ。

痺《しび》れちゃうようなブギィーのうねりの中で、女工員たちはチョコレートのドレスを作り続けた。べとつかない、とろけださない、サラサラとした、けれども甘く香り高いお菓子の服だ。

金満国《きんまんこく》ニッポンの少女たちがこれを買い漁《あさ》った。大枚はたいて買い込んで、原宿《はらじゅく》、新宿《しんじゅく》、大宮《おおみや》あたりをおしゃまさんしているうちはよかったが、お茶会を始めた午後3時から状況は一変した。

「あら、この服おいしいわ」ペロペロ。「まぁ、なんだか甘い」ペロペロ。「甘いの！」「やめられないわ」ペロペロペロペロ。と、なめ続けたのである。肩を濡《ぬ》らしネロネロと、舌をつき出しレロレロと。意地汚いったらありゃしない。見るに見かねた法王が、1人1人に色とりどりのエリザベス・カラーをその首に巻き付けていった。ピンク、赤、青、群青色、藍《あい》色、雪色、風の色…木枯らしの色はヨークシャー・テリアの毛の色と酷似していた。

「よーとなー　ほーれそー　じみからか」

法王がステンレスの鏡をチロリンチロリンと鳴らせばそれを合図に、エリザベス・カラーの少女たちが四方八方に散っていった。自らの衣服を食らわんとする頭部の動きが重心の移動を伴って、逃走のムーブに変化していったからだ。若い娘らにしてみれば集団ヒステリーの様相も呈していた。黄色い声を上げながらあちらこちらに走っていく少女たち。ジグソーパズルのばらけるよう。

「よーとなー　ほーれそー　じみからか」

それが射殺指令の合図も兼ねていたのかは未《いま》だに判明していない。ともかく、もう一度「よーとなー　ほーれそー　じみからか」を唱えた時、ヒュン！と風を切る音がして、コロン…と1人の少女が地に伏した。

眠るように、地面に両手を広げて服の汚れるのも気にせずうつぶせに倒れた。するとその側を走っていた赤色エリザベス・カラーの娘もまた、声もなくアスファルトの地面に横になった。3人、4人、5人、6人、次々と少女たちが吊《つ》り糸の切れたあやつり人形の要領で地に伏し、地に倒れた。

10人、11人…20人…40人…100人…1000人！　いったいどこから銃弾が飛んでくるのか2000人射殺させるまで見当もつかなかった（主語不明）。

「塔よ！　塔の上から誰かが私たちを」

「よーとなー　ほーれそー　じみからか。塔が見えぬよのっぱっぱー」

法王の言う通り、塔などどこにも見えなかった。見えるのはマルイと紀伊國屋書店くらいのものであった。

「でも間違いない。だってみんなエリザベス・カラーを撃ち抜かれていく。明らかにあからさまにとても高い所からこの射撃は行われているわ！」

「よーとなー　ほーれそー　じみからか。塔は見えぬよなっぱっぱー」

色とりどりのエリザベス・カラーにポッ！ポッ！と穴が開いてアクセントのようです。その穴から少女たちの体に開いた肉の穴、肌の穴が見えるのです。穴からは赤く赤く赤い血が噴きこぼれてすぐに花と化していくのです。赤い花が咲きますと、少女は目の玉を白い方に眼孔の中でぎゅるっと半回転させて息絶えていくのです（ですます調になりました）。

「ぎゃっ！　撃たれた」

「ぎゃっ！　やられた」

「ぎゃっ！　恋をした」

中には意識混濁のためかそんな戯言《たわごと》を言う娘も出る始末。

もちろんあたり一面が血の海。でも不思議とドロドロベタベタしていることはありません。チョコレートに含まれた溶解防止剤の影響です。防止剤は防腐剤の役割も果たしているから、少女たちの屍《しかばね》は半永久的にチョコレート製の服を着たまま腐りも朽ちもせず、この場にあり続けるのです。

冬が来ても、春が来ても、夏になっても。秋でさえも。ネクロフィリアが彼女たちの美しい屍を持ち逃げしようと画策してさえも、若さと美しさを保ち甘いお洋服を着たままで、まるで死海でぽっかり浮いているかのごとく、血の海でひねもすのたりのたりとしていられる訳です。

それは午後のまどろみみたいにきっと心地よい。学校もありません。めんどくさい友達もいません。口うるさいパパもママもいないし、始めちゃったはいいけどアップする程のこともないブログを更新する必要だってないんです。ないないづくしなのです。あ、えっと、恋人は元からいなかったんですよね？

さぁ、色とりどりのエリザベス・カラーを巻いた少女たちが真っ赤な血の海の上を無数に漂っています。綺麗《きれい》ですねぇ。カラーの赤と血の赤とがかぶってしまった子はちょっと残念だけれど、まぁ、そんなこともありますよね。

血の海の底でキラキラ輝いているのは、少女たちの体を貫通した弾丸です。ニッケル、スティール、オパール、サファイヤ、そしてダイヤモンド。輝いていますね。

――時が経ちますね。


…あっと言う間に、1万年の時が流れました。

その間に環境異変や戦争やさまざまなことが起こって、人類はすでに死に絶えていました。

遠く、遠く、レティクル座のゼータI、ゼータIIという星から宇宙船がやって来て、まっさらと化した地球の表面を観察しています。緑色の目（おそらく。もしかしたら耳なのかもしれません）をしたレティクル座人が、何かを発見しました。

赤色の海に、無数に浮かんだ色とりどりのエリザベス・カラーを首に巻いた少女たちの屍です。

『何があったのだろう？』

レティクル座人の1人が思いました。

『わからない。でも、美しい光景と私は認識する』

もう1人がテレパシーで答えました。

『私もだ。なぜだろう？　なぜあの屍どもを私たちは美しいと思うのだろう』

レティクル座人は少し考え込んでから、思いました。

『わからないが、やつらにとって美しいということは生きる上で最重要だったのではないだろうか？　美しくいようとした、その、あまりに強い想いが、時を超え、こうして私たちにも伝わっているのではないだろうか』

『なるほど。うつぶせになっているやつもいるな。ひっくり返してやるか』

『いや、背中もオシャレのポイントなんじゃないのか？』

『そうか、そうならそのままにしておいてやろう』

太陽の輝きを受けて血の海に、波の光が輝いていました。「よーとなー　ほーれそーじみからか」。レティクル座の宇宙船は、塔のような形をしていました。

ゴンスケ綿状生命体

ＵＦＯ目撃事件の直後に空から綿状《わたじょう》の生物が降ってくる、「エンジェル・ヘアー」と呼ばれる現象があります。

最初の目撃は50年代。「それは漂《ただよ》いながら空から舞い降りてきた」と何人もの人々が証言しています。ネバダ州で酪農業を営むボブ老人は、落ちてきたエンジェル・ヘアーをバーボンの瓶の中で暫《しばら》くの間「飼って」いたそうです。白い綿状のそれは老人の呼びかけに対し時に「うごめくこともあった」が、数カ月後に「忽然《こつぜん》と消滅した」とのこと。奇妙なことに、それが消えた翌朝、「妻のリウマチが治った」と、ボブ老人は証言しています。

エンジェル・ヘアーの最後の目撃例は、80年代後半でした。日本の各所で、やはりＵＦＯ現象と共に、多くの人々がそれを空に見たのです。夕暮れの秋空にフワフワと舞い降りてきた綿状のかたまりは、人々がそっとつかみ取ろうと伸ばした指先に触れた途端、力なく空中で溶けて消えました。

でも、中には、地球へ舞い降りることに成功したエンジェル・ヘアーもありました。ぬいぐるみ工場に落下した一つかみの綿状生命体が、咄嗟《とっさ》にクマのぬいぐるみの腹の中に身を隠したのです。

工員は気付かず、そのまま腹を縫い付けました。ぬいぐるみはトラックに乗せられ、町のおもちゃ屋さんへと運ばれて行きました。

母星が滅び、安住の地を求めて何万年も宇宙を放浪していたエンジェル・ヘアーは、不安な気持ちで腹の中にジッとしていました。

――パパとママに連れられて、四歳の誕生日プレゼントを買ってもらいに来た愛ちゃんは、おもちゃ屋の隅でクテッとしなだれていたクマのぬいぐるみに一目惚《ぼ》れしました。

「愛ちゃん、もっと可愛いコにしたら？」

パパがアドバイスしても、愛は首をブンブン振って断固拒否の姿勢です。

「やだ、このコにするの！」

仕方ないといった表情でママがお財布を開きました。

「ゴンスケ！　このコは今日から愛ちゃんのゴンスケ！」

愛が早速ぬいぐるみに命名をしました。

母星では、そこそこイケメンで知られていた綿状生命体《わたじょうせいめいたい》は「…ゴンスケかよ…」ぬいぐるみのお腹の中でちょっと不本意でした。

愛はどこに行くにもゴンスケと一緒でした。

ひとりっ子だった少女は、ゴンスケを本当の弟のように可愛がりました。もちろん夜も一緒に眠ります。彼女がぐっすりと眠りについた深夜、傍《かたわ》らのぬいぐるみは初めて動き出すのです。

寝ぞうの悪い愛の体に、そっと、気付かぬよう、ゴンスケはタオルケットをかけてあげます。そしてまた何もなかったかのように彼女の傍らに身を横たえ、彼女を見守るのです。

「愛ちゃん、ありがとう。おやすみ」

綿状生命体は愛に恩義を感じていました。放浪の日々は地獄のように辛《つら》い事ばかりでした。宇宙の果てで一心に愛情を注いでくれる生命に出会うなど、夢にも思わぬ喜びであったのです。

綿状生命体には、世界に散らばった仲間達を探し、安住の国を作るという使命がありました。愛が大人になったら、この場所を去るつもりでいました。

けれどそれまでは、出来る限り愛のそばにいて、彼女を守ってあげるのだと心に決めていました。

そうしてそれから12年もの間、綿状生命体はゴンスケとして愛を助け続けたのです。彼女は気付きもしませんでしたが、彼女が入れ忘れた明日の教科書をそっと鞄《かばん》に入れてあげたのはゴンスケです。愛の留守に忍び込んだ下着泥棒を二階から突き落としたのもゴンスケです。

です。

「あれ？　また机に置いといたチョコが消えてる」

と愛がいつも思うのは、彼女のダイエットを考えてゴンスケがコッソリ隠していたから
——愛の書いた、岩井出《いわいで》くんに渡すプレゼントに添えた手紙の、誤字を直してあげたの
もゴンスケでした。

「岩井出くんへ。太宰治の本、貸してくれてありがとね。お礼に手ぶくろあげる。一応手
作り。今度どっか連れてってよ。愛より」

深夜コッソリと、ゴンスケは「お札」を「お礼」と書きかえてあげたのです。

添削が功を奏して（？）、愛は同級生の岩井出君と仲良しになりました。

パパとママが出かけた休日などは、愛の部屋に招き入れたほどです。

愛は「これ弟」と言ってゴンスケを岩井出君に紹介しました。

彼はぬいぐるみを手に取るなり「ムムッ」と険しい顔をしました。

ゴンスケと岩井出くんの視線が空中でぶつかり、バチバチと火花を散らしました。

お互いに「ライバル登場！」と思ったわけです。

しかし、ゴンスケはすぐに勝負に敗れた事に気が付きました。

岩井出くんを前にした愛が普段の彼女とはまるで別人だったからです。自分の勉強部屋
にいるというのに、いつものジャージ姿ではないのです。ロリータな服でビシッとおしゃ

れをしているのです（おまけにゴンスケにまでヘッドドレスをかぶせてありました）。岩井出くんの言葉に大げさに反応し、笑い、うなずき、指先を触れ合い、そしてついに彼の腕の中にもたれました。

『わかったよ愛…。岩井出くん、後は頼む』

ゴンスケが思った時、二人が唇を重ねました。

ゴンスケは静かに、後ろを向きました。

その夜ゴンスケは、愛の家を出ました。

トコトコとぬいぐるみが夜の街を歩いて行きます。ごみ集積場でひと休み。せめてガラクタのフリをして、人々の目から逃れるためです。

二日も歩き続けましたが、なにぶんぬいぐるみの歩幅なのでまだ三丁目分しか移動していません。

「こんな調子でいつになったら他の綿状生命体を見つけられるんだろう…」

もう布地がヘロヘロです。ゴンスケは再びゴミ集積場にへタりこんでしまいました。すると人影が近付き、

「見つけた！　ゴンスケ！　そこにいたのか、来いっ」

いきなりゴンスケを抱き上げたではないですか。

『岩井出くんじゃないか!?　な、なんだよ？』

岩井出くんは有無を言わさずゴンスケをナップザックに詰め、ママチャリに乗って走り出しました。岩井出くんの背中は汗びっしょりでした。

連れて行かれたのは病院でした。

体のあちこちに針とチューブを刺されたベッドの上の愛が、ゴンスケを見てうつろに微笑みました。

「ゴンスケ…私…死んじゃうかな？」

しゃべらないでと言って、愛のママがゴンスケを娘の傍らにそっと置きました。誰も彼もが沈痛な顔をしています。愛を跳ね飛ばしてしまったというタクシーの運転手が、病室の隅で土下座をしていました。

深夜になりました。

付き添いの人たちがうつらうつらし始めたのを確認してから、ゴンスケは、愛の耳元にささやき始めました。

「愛、今まで本当にありがとう。君は何万光年も苦しみの中をさまよっていたボクを救ってくれた。そして一心に愛情を注いでくれた。ボクを弟として可愛がってくれた。それに応《こた》えるべく、ボクはいつも傍らにいたけれど、本当の事を言えば、ボクの君に対する想いは、この地球に存在する言葉の中から選んで言うならば、それは恋と呼ばれる感情に最も近いものであったのだと今わかる。綿状生命体の考える人間の恋とは、恋によって生じる如何《いか》なる困難をも、相手のメリットを最優先に、全てを受け入れるということだ。もしかしたらピントのずれた解釈であるのかもしれない。これはボクが君のそばで十数年、人間の生活を観察した程度での考えだから。それでも、我々の世界では、自分の解釈に基づいて善行を積むことこそが〝綿の道〟であると考えている。

だから、ボクは自分の考える恋の定義に忠実でありたいと思うのだ。愛、ボクは、今からこのゴンスケのぬいぐるみの中から出ようと思う。そして、君の体内に入るつもりだ。そうすることによって、ボクの生命エネルギーで君の肉体が奇跡的に治癒するはずだ。だが代わりにボクの生命はこの世から消滅する。この自己犠牲は決してヒロイズムなどではない。ボクが考える、人間の素晴らしい精神の活動である恋への、リスペクトなのだ。そして何より、君へのお礼だ。愛…お礼じゃないからね」

ゴンスケのお腹がパックリと割れ、ひとつかみの白い綿が這《は》い出てきました。

綿はしばらく、愛の寝顔の横にとどまっていましたが、やがてしゃくとり虫の要領で移動を始め、点滴のチューブをするすると昇って行ったかと思うと、点滴液を入れる容器のフタを開け、液の中へポチャンと落ちました。

水泡が液の中で躍っています。

やがて泡が消えた時、液の中にはもう何もなくなっていました。

こうして、宇宙から来た綿状生命体は、この世から消えたのです。

——翌日、人々は信じられない光景を目撃することとなりました。

愛の傷口が全てふさがっていたのです。

熱も下がり、誰よりも愛自身が自分の回復に驚いていました。何しろ、空腹を感じたお腹がグ〜ッと音を立てたほどなのですから。タクシーの運転手は号泣、パパとママもウルウルしています。

「愛、お腹すいた。ラーメンとカツ丼が食べたい！　それにもちろんチョコレート…」

言いかけて、愛はふと口を閉ざしました。

『あまり甘いものばかり食べ過ぎぬよう』

そう、誰かに言われた気がふとしたからです。

医者までが万歳をし始めた病室の隅で、岩井出くんは奇妙なものを見つけました。

ベッドの下に転がっていたゴンスケです。

それは、腹が割れ、中身の抜けたボロボロの布地に変貌《へんぼう》していました。

『ゴンスケのかわりに、ボクが別の綿を探してあげないとな…』

なぜか岩井出くんはそんなことを思いました。『世界中を旅してさえ』そんな、使命感を、覚えたのです。

——世界中に散らばった綿状生命体の多くが、ぬいぐるみの中にその身を隠しています。置いたはずの場所から、ぬいぐるみが移動していることってありませんか？　机の上にあったチョコレートがいつの間にかなくなっていたりしたら、それはもしかして、綿状生命体の仕業なのかもしれません。

妖精対弓道部

理屈《りくつ》に合わない、あまりに奇妙な事例を、英国の超常現象《ちょうじょうげんしょう》研究家マイク・ダッシュは「ハイ・ストレンジネス」と呼んでいる。例えば宇宙人にパンケーキをもらったなどという目撃者の証言。ちなみに調査の結果パンケーキには塩が入っていなかったのだそうな。あるいは森の妖精《ようせい》に異界へ連れて行かれた体験談。だが不思議なことに、妖精は塩を嫌うという伝承があるのだそうで、宇宙人遭遇談と妖精のフォークロアとをハイ・ストレンジネスが結び付ける。

そしてまた、数多《あまた》のハイ・ストレンジネスの共通項は〝理屈に合わない存在によって、人類が意図不明のいたずらをされる〟という点である…。

——その日、桐瀞《きりとろ》高校女子弓道部を襲った悪夢の出来事も、まさにハイ・ストレンジネスと呼びたくなる不可思議さに満ちていた。理屈に合わない存在によって意図不明のいたずらをされた上に、その前兆がパンケーキであったのだから…。

「ね、昼食のパン、味が変じゃなかった？」

弓道場で美和子《みわこ》が耳打ちした時、トン子は巻川《まきかわ》先輩の射法に見とれていた。そもそもフアッションにしか興味のないトン子が弓道部へ入ったのも、週一回大学から教えに来る男子OB巻川さんに憧《あこが》れたからなのだ。

「え？　あ、そういえば塩気がなかったね」

「そう、でしょ？　それがさ、食堂のお皿に山盛り載ってたけど、後で献立を見たら、パンなんて今日の分に載ってないんだよね。トンちゃん、私たち変なもん食べちゃったんじゃない？」

　トン子は「ふうん」と上の空で返し、また巻川先輩が弓を引く姿を目で追った。太陽の輝きを受け先輩の矢がキラリと目に痛い。トン子は止まらぬ額の汗を、※弽《ゆがけ》をはめた手でそっとぬぐう。先輩の参加を聞いて夏セールを蹴《け》ってまで参加した林間合宿なのだ。的より先輩を見つめていたかった。日置流印西派《へきりゅういんさいは》の作法にのっとっておごそかに弓を引く先輩の広い肩、うっすらと汗の浮かんだ首筋、キッと的を見る瞳《ひとみ》。『どうしてこんなにドキドキしてしまうんだ』とトン子は自分に問う。答えは出ない。彼を見つめる度に津波のように押しよせる衝動が一つトン子にはある。でも、衝動のその意味するところが彼女自身見出《みいだ》せないでいる。あまりにも、理屈に合わない欲望であったからだ。

「あれ？」

※弽《ゆがけ》…弓を引く時に用いるグローブ

トン子がふと声をもらした。先輩の引いた弓が18m先の的へヒューンと飛んでいった、その矢の道の上空、夏の青空に一瞬、何か奇妙なものが飛んでいたように見えたからだ。虫にしては大きすぎた。鳥にしても形が違う。目をこらすと途端に消えた。

「ね、美和子、今なにか空に見えなかった？」

「え？ 自分のまつ毛の見間違いじゃない？ それよりトン子、私ついにコクられちゃった」

「…え？」

「付き合ってって、巻川先輩に」

「…そう」

ぽっかりと青い、夏の空をトン子は見上げた。

『しかたない、理屈に合ってるもん』

自分を納得させるために心でつぶやいた。

美和子は弓道部一の美人だ。性格だっていい。弓だって始めたばかりでもう三級の腕前。巻川先輩が好きになるのは理にかなっている。それに較《くら》べてトン子は容姿もかなりのポッチャリ型。愚図ですぐ泣く。弓も上達しない。『先輩が好きになってくれるはずがない』壊滅的なことに、美和子はトン子にとって親友であった。

『私は大人しく身を引こう』

それが理屈に合っているし、先輩を見る度に胸の内でメラメラと燃える奇妙な衝動、こみあげる異様な欲望も、親友の恋を心から祝福してあげたなら消えるかもしれないと、トン子はかろうじて涙をこらえることに成功したのだ。

「美和子、よかったね、おめでとう」

必死に笑顔を作って美和子を祝福した。お礼の言葉は返ってこなかった。なぜなら袴《はかま》姿《すがた》の親友は、空に浮かぶ奇怪なものに目を奪われていたからだ。

「…トン子…なんか、飛んでる」

「自分のまつ毛の見間違えでしょ」

ふざけているのかとトン子はそう返した。美和子が首を振る。呆然《ぼうぜん》とした表情で言った。

「私のまつ毛は、あんなに多くない」


一九五〇年代に、パプアニューギニアでキリスト教会の神父が、空飛ぶ円盤を目撃した。円盤の上に手を振る宇宙人の姿も見えたという。高名なUFO否定論者はこの事件を「自分のまつ毛を見誤ったのだ」とトンデモない自説で否定してみせた。こうなるともうどっちがハイ・ストレンジネスなのかわかったものではない。

弓道場上空に現れた謎の飛行体は、まずその数で「まつ毛見誤り説」を否定するに十分だった。びっしりと数百以上が夏の空を飛び交っていたからだ。ふり返り見てトン子は声をあげた。

「…空飛ぶゴスロリ軍団⁉」

トン子が洋服好きの少女でなかったなら果たしてその一団を何と呼んでいただろう？妖精⁉　悪魔⁉　天使⁉

正体はわからない。〝理屈に合わない存在〟としか解釈のしようがなかった。便宜的にここでは「有翼の妖精」と呼ぶことにしよう。後日、襲撃のあった一帯より複数発見されたやつらの食物と思われるパンケーキを分析した結果、妖精の嫌いな塩だけが検出されなかったからだ。

「トンちゃん、怖い‼　アイツらは一体何⁉」

「まつ毛じゃない！　アレはまつ毛じゃないわ‼」

美和子がトン子に抱きついた。弓道場のあちこちで悲鳴が聞こえた。トン子は息を呑《の》んでいた。

上空20ｍあたりを飛び交う妖精は無数。身の丈80㎝くらいで背中に翼が生えていた。バタバタとはためかせながら全身ゴシック＆ロリータのドレスを着ていた。空飛ぶゴスロリ軍団。一口にそうは言っても、ゴブランや別珍《ベッチン》、オーバーニーソックスもいれば膝下《ひざした》までのソックスも、ポックリブーツにペッタンコ靴と、それぞれの衣装は異なった。共通するのはゴスロリ有翼妖精の誰もがトン子たちと同じ歳くらいの少女に見えたことだ。くるくると髪は縦ロール、まだあどけなさの残る表情、眼下の女子弓道部員に対し、何がおかしいのかケラケラと笑いながら飛翔《ひしょう》を続けている。そして全員が手に、西洋の弓を持っていた。

「トン子…まさかアイツら私たちに弓を放つ気では…」

美和子が言い終わるより前に、三年生の前崎照子《まえさきてるこ》が妖精の放った矢に首を射貫《いぬ》かれて倒れた。

「前崎君！」叫びながら巻川がその矢を抜くと、勢いよく噴出《ふんしゅつ》した鮮血が巻川の弓道着を真っ赤に染めた。

「ぎゃあっ!!」「助けて」女子部員たちが蜘蛛《くも》の子を散らすように四方八方へ走り出した。

空から一体の妖精が飛んできてまた矢を放った。

二年生の木場絵美《きばえみ》の胸を一気に貫いた。

ケラケラ笑いながら妖精は空中の群れへと戻って行く。

入れ代わりで飛んで来た一体が部長・賀毛優香《がもうゆか》（ニックネーム・ユガモン）の腹目がけて矢を射た。「ああっ!!」とうめいてユガモンは床につっ伏した。

「ユガモン！」「ユガモン!!」部員たちが部長の名を叫びながら駆け寄った。

「うう…これじゃ私、ユガモンじゃなくてヤガモンだよね…」

それが賀毛の最期の言葉だった。矢鴨とかけた渾身《こんしん》のラストジョークに、逃げまどっていた部員たちの足も思わず止まった。

　だけど笑ったのは部長を射貫いた妖精《ようせい》の方だった。

　笑いつつ、部長の死を確認するや、また群れへと飛んで戻るつもりだ。

「ちくしょう！」怒鳴ってつかまえようと試みた部員の手をスルリとかわして空へ昇って行った。

　空中で振り返った妖精の狂笑。

「ウヒャハハハハハハハ…えぐっっ!!」

　その時、空へ向かって一筋の閃光《せんこう》がきらめいた。

　妖精の腹を和弓の長い矢が貫き、狂笑を止めた。

　バタバタ翼を鳴らして妖精が、的のある弓道場の向こう側へ落下した。

　女子部員たちが矢の主を一斉に見た。射手はよく通る声で空に叫んだ。

「日置流印西派二段巻川達志《たつし》！　勝負だバケモノども！」

　こんな時だというのにトン子は「ああっ」とうずくような声をもらしていた。『なんて素敵な先輩の勇姿なの』。おさえきれない奇妙な衝動と欲望に思わず駆け出してしまいそうだった。だが巻川の言葉が彼女を凍りつかせる。

「美和子、僕が時間をかせぐ、逃げて！」

　私には言ってくれないの？　トン子は喋の端を噛《か》みしめて憤《いきどお》った。横で美和子がイヤイヤをした。

「イヤッ！　美和子は先輩と一緒にいる」

先輩が「こいつ」という表情でうなずいた。

『ナイスカップル！　私の入る余地はない…。二人の恋は理屈に合ってる…』

トン子はガックシと頭をたれた。

女子部員の誰かが「部長の仇《かたき》を！」と怒鳴った。ハイ・ストレンジネスのごとき悪夢に、錯乱状態となった少女たちの全員がこれに応じてしまった。手に手に弓を持ち、構え、グイッと引いて、空飛ぶ妖精軍団とまっこうから対峙《たいじ》した。トン子も美和子も構えた。妖精たちは相変わらず笑いながら空中を飛び交っていた。巻川先輩が叫ぶ。

「やつらの弓は小さな洋弓。よほど近付かなければ届きはしない。我らの和弓は水平なら射程距離約30m。あいつらが突っ込んできた時に射れば負けはしないぞ」

理屈にかなった解説なれど、巻川は一斉に射れば二の矢までに間が空くということを、この異常事態でついコロリと忘れてしまった。決定的な作戦ミスがその後の大惨事を呼ぶこととなった。

ふいに、空中の魔少女たちが笑うのを止めた。

飛び交うことも止めた。

ゴスロリの群れが弓道部員の頭上で滞空を始めた。

小刻みに翼を動かしながら、夏の空の中でジッと部員たちを見下ろしている。

静かに弓を構えた。

弓道部員たちも地上で弓を引いてこれに応《こた》える。

妖精対弓道部。

にらみ合うこと十数秒。

戦いの合図となったのは先刻落下した妖精だった。的あたりの芝生上でケイレンを続けていたそいつが、ついに断末魔《だんまつま》の叫び声をあげたのだ。

「パ、パ、パズススウウウッ!!」

悪魔パズスの名よりなぜか「ス」が一つ多い謎のおたけびであった。

ぐぼっ！　とそいつが血を吐くのと、弓道部の矢が一斉に放たれたのは同時だった。

夏空に閃光《せんこう》は、ザーッ！　と音を立てて飛んでいった。

ジュラルミン、カーボンシャフト、アルミカーボン、そして竹から成る矢が次々と、少女の一本気な心情を表すかのように、空を斬って妖精の群れへ。その内何本かは見事にやつらの体を貫いた。

「ぎええっ！　アハハハハハ！」

「うぐうっ!!　ウヒャハハハハ!!」

射貫かれるや笑い出してボトリと地に落ちていく有翼の妖精たち。

だが圧倒的にやつらは数で勝った。一体二体の犠牲を妖精どもは気にもとめなかった。二の矢の準備に手まどる部員たちへと、今度は逆に十数体が一挙に突っ込んでいった。

手にした洋弓で至近距離から射ていく。

少女たちの肉を貫く時〝ブンッ〟と妖精の矢は嫌な音をたてた。

ブンッ!

「痛いっ!!」

ブンッ!

「あああああああああっ」

ブンッ!

「くやしい…くやしいのよ〜っ!」

肉を貫く音の鳴るごとに、部員たちが胸を押さえ腕を押さえ、もんどりうって次々と倒れていった。

血みどろで床をころげまわる袴姿《はかますがた》の娘たち。

笑いながらその上を飛びまわるゴスロリの娘たち。

悲鳴と狂笑。

和弓と洋弓。

悪夢の交錯《こうさく》。

倒れながらも二の矢を放つ果敢な娘もあった。

逆に〝ブンッ〟と音を立てて別珍《ベッチン》のスカートの上から妖精を貫いた。

そのまま背後を飛ぶ別の妖精の体まで長い矢は突き刺した。「ぎゃあハハハ！」「ぎぃいヒヒヒ！」まるで焼き鳥のごとく二連の妖精を刺したまま飛んでいった。

戦闘開始数分にして弓道場は地獄絵図となった。

あちこちに少女と妖精の無惨な屍《しかばね》が転がっていた。針ねずみみたいに何本も矢を背に生やしている死体もある。悲鳴、うめき声、道場の床には血がたまり、誰のものかもわからない髪の毛の束がユラユラと浮かんでいた。生き残った部員はあとわずか。だが妖精たちももう一斉には襲って来ない。やつらはあまり矢を持っていないのだった。矢のあるものがピンポイントで襲って来ることしか出来なかった。大量に現れて襲撃するものたちがなぜ武器をきちんと調達しておかないのか？　妖精軍団はその戦略までもがハイ・ストレンジネス的と言えた。

「当たった！　当たった！」

一年山内里子《やまうちさとこ》の矢が妖精を貫くと、血まみれの部員たちが落ちてきたその体を目がけてワッと群がった。

山内が妖精の首根っ子をつかまえて道場の床に押さえ付けた。どの部員にも一本か二本の矢が腕や足に突き刺さっている。女子部員たちは妖精を殴り始めた。体長80㎝ほどのゴスロリ妖精を、血だらけ袴の弓道部員たちがボコボコにしばき回す。少し離れたところから見ていたトン子にはそれが、人形をよってたかってなぶりものにしているように見えた。殴られ、腕や脚をねじり上げられ、挙句には両脚を持たれて床に体ごと打ち付けられながらも、妖精はまだ笑い続けていた。体のアチコチから何か緑色の液体が流れ出した。床の血だまりと混ざって奇妙な二色のうず巻きを作り出す。

トン子は部員らの後方に目をやった。美和子を抱きかかえながら先輩が空に矢を放っていた。

先輩のたくましい背中に妖精の矢が何本も刺さっていた。美和子を守って射られたのだ。

トン子は自分の太い二の腕に刺さっている矢を見ながら思った。

『私は先輩に守ってもらえなかった。仕方ない。美和子は恋人だもの、彼女が守ってもらえるのは理にかなっている』

群れの中からまた一体の妖精が弓道場へ向かって降りて来た。

トン子は、そいつが今までのやつらと違って、少年の顔をしていることを不思議に思った。

服もただ一人、別珍のダークスーツなのだ。

『そうか！　きっとあれがリーダーなんだ』

死を間近にした者のとぎすまされた勘で見破った。

『あの美しい少年がこのゴスロリたちを引き連れて来たんだ…』

もしかしたらあいつをやっつければ他の連中は去って行くのではないか？

咄嗟《とっさ》に思い付いた。

だけどその時、先輩が「美和子！」と恋人の名を呼んだものだから、トン子はもうどうでもいい気持ちとなって、その名案を巻川に伝える気持ちを失ってしまった。

かわりに、仲間たちの妖精《ようせい》リンチをボンヤリと見つめた。

山内が妖精をタコ殴りにしていた。縦ロールの髪を持ってガンガン後頭部を床に打ちつけていた。それでも笑い続けている妖精に対して、血まみれの顔で問いつめた。

「言え！　言え！　何でこんなことする⁉」

「ギャハハハハハハハ！」

「言え！　言え！　何でだ！　何でだよう⁉」

「ギャハハハハハハハハハハハハハハ‼」

ひときわ力をこめて山内が妖精の頭を叩《たた》きつけた。

グシャッと音がした。

緑色の液体がみるみる床に広がっていった。どうやら頭が割れたようだ。

妖精は「ム〜ン！」と言いながら白眼をむいた。

「死ぬ前に言え！　理由を教えろ！」

すると妖精の小さな唇が開いて、山内に、静かに告げた。

「…理屈なんかあるものか、衝動があるだけ、欲望があるだけ、行動の理由に、他に何がいるっていうの？　ム〜ン…ン…ン…」

妖精が目を閉じた。

少年の矢が山内の首を射た。

山内は人形を抱きしめる少女のポーズで、妖精と共に息絶えた。

少年の翼をトン子の放った矢が貫いた。

「しまった」と叫んで少年が庭に落ちた。

その体に覆いかぶさって抱きしめた娘があった。

トン子だ。

彼女は、もがく少年妖精の体を逃がさぬようギュッと胸に抱きしめながら、道場をふり返り、巻川先輩に「私ごと射て！」と声の限りに叫んだ。

「私ごと射て！　ずっと先輩の矢で私の体を射貫《いぬ》いて欲しかったの！　大好きな人に射貫かれて死ぬのを想像すると、私は興奮して夜も眠れなかったの。頭がおかしいのかもしれない、変態なのかもわかんない。でもどうにもその思いを止められなかったの。理屈じゃないの。理屈をはるかに上回るものがあるの。それは衝動、それは欲望。ねぇ美和子教えて、恋も、その一つなの？」

「うん、そうだよトンちゃん」と言って美和子は親友に深くうなずいてみせた。

トン子は微笑み返した。

『ありがとう』

親友に小さく言った。別れのあいさつであるらしかった。

トン子の腕の中で少年妖精が狂笑を立て始めた。

「こいつがバケモノのリーダーよ！　巻川先輩！　早く！　射て！　射て！　射て！　私をその矢で妖精ごと貫き通して。ああ堪《たま》らない。興奮する。欲望は理屈に合わないほど興奮するものなのね。まるで心が何だかわからない存在に意図不明のいたずらをされているようね。先輩！　早く！　射て射て射て射て射て射て！　どうかブスッと、トン子をあなたの矢でぶっ刺してえええええっ!!」

ブンッ！　と音がして巻川の矢が妖精ごとトン子の胸を貫いた。

少年妖精の狂笑が止まった。

——トン子の思った通り、少年が息絶えると、有翼妖精たちは引き上げて行った。

生き残ったのは巻川と美和子のみであった。

若い恋人たちは、トン子のハイ・ストレンジネスとでも呼ぶべき奇妙な愛の欲望によってからくも死を逃れたわけである。

妖精の屍は駆けつけた地元消防隊の目前でドロドロに溶けてやがて全てが消失した。弓道場に無数の、赤と緑のうず巻きだけを残した。

メリー・クリスマス薔薇香

「綺麗《きれい》！　可愛い！　お姫様みたいね。決めた、静花《しずか》とおそろでママもこれ買う」

そう言って本当に、勝手に娘の買い物についてきたママは、純白のヘッドドレスを手にスタスタとレジへ歩いて行った。

私はあわてて追いかけ、腕をつかんだ。

「ママやめてよ。もうオバさんでしょ」

私は朝から機嫌が悪かったのだ。大好きなバンドのチケはソールドだし、赤堀《あかほり》君はイブの夜バイトあるかもだし、大好きなブランドはギャル系の店とビルが一緒になっちゃって、せっかくロリで決めて来たってのにマンバにガン喰《く》らわせられるし、挙げ句にママがヘッドドレス～？

ちょっと節子《せつこ》、アンタ自分が何歳だかわかってんの？

「え？　歳？　38だけど？　どう、似合う⁇」

ヘッドドレスを頭にあてがうと、ふり向いてニッと笑ってみせた。私は給食のオバさんの三角巾を思い出した。

「…ねぇママ、17歳の静花でさえもうロリータはきっついって最近感じてんのよ。しかもママ、首から下はオール・練馬ジャスコじゃん」

するとママがショップの店員さんに声をかけた。私は気を失いそうになった。

「すいません。娘が着てるロリータちゃんの服、上から下までおそろでください」

で、本当に買い揃えてしまったのだ！　ア然。

しかも試着室で着替えると、「原宿に行こう！」などと言うではないか。普段は私のロリ服に文句ばかり言うオバさんだというのに、ママ頭がおかしくなっちゃったの？

私はちょっと怖くなって、断り切れず、気が付けば親子おそろのロリ服で表参道《おもてさんどう》を歩いていた。

「やっぱり素敵な街ね。昔パパとよく来たな。なんでママ、何年も原宿に来なかったんだろ？」

　それはアンタが買い物をすべてジャスコで済ませてきたからだよ…と私は心で突っ込んだ。

　表参道のあちこちにクリスマスのディスプレイがあった。明日はついにイブなのだ。…赤堀君、バイト入れてしまったんだろうか。

「すいません、写真撮らせて欲しいんですが」

　女の人が話しかけてきた。背後にカメラを持った男の人がいる。

「ゴシック&ロリータ専門誌『ゴスロリバイブル』です。スナップ撮ってまして、親子ロリのお二人をぜひ一枚……」

女性編集者が言い終わらぬうちに、節子がギャ〜ッ！ と大声をあげた。彼女の肩をガッシとつかんだ。

「ギャ〜!! え？ 何？ すごい！ 新潟でも売ってる？ 鯨波《くじらなみ》のおばちゃんにも見てもらいたいわ！ ちょっと電話していい!?」

私は恥ずかしくてうつむいてしまった。バイブルのスナップに載るのは夢だったけど、親娘《おやこ》おそろのロリなんて嫌だ。私は、ゴスで決めた赤堀君と腕を組んで載りたかったんだ。ロリネームも「朱玲《しゅれい》」って決めてたのに、なんでこんないかれた38歳のオバさんと一緒に……。

「それにしてもお母さん全身ロリですね。まさかロリネームとかあったりして」

カメラマンが冗談を言った。ママがウフッと笑った。

「ウフッ、『薔薇香《ばらか》』。薔薇が香るって書くのよ」

……あったのかよ節子!?

ガク然としたその時、ふとカメラマンのバッグからはみ出たポラロイド写真が目に入った。

私は肩に手を回してきたママの手を邪険に振り払った。ポラにはポーズを決めた赤堀君が写っていた。ゴス服を着て、アイツったら、誰か知らないロリのコと腕を組んで笑っていた…。

——最低の気分で家に帰ってくると、パパがソファでニュースを見ながらカツラのパンフレットをめくっていた。40歳のお腹はポコンとシャツから出ている。

『死んじまえ』と私は声に出さずパパに向かって心で言った。

正弘《まさひろ》は「んわぁ」と言いながら娘の顔をふり返り、マジマジと見つめた。

「何よパパ…。何じっと見てんのよ」

「今お前、死んじまえって俺に思っただろ」

「ロリ服の娘の前でカツラのパンフレットめくる父親を見たら、誰だって殺意持つよ」

「ビジュアル系のパパを見たいならイブにカツラをプレゼントしろ。ロン毛のがいーな。フサフサになって赤堀君より魅力的に…」

私は子犬型のポーチを思いっきりパパのハゲ頭に投げつけてやった。

「何怒ってんだ？」

パパが驚いた時、ママがリビングの扉を開けて入って来た。ロリ服のママはネギの飛び出した買い物カゴを下げていた。ロリータになっても、節子はジャスコに寄ることは忘れないのだ。

「…え…ママ…その服…」

奥さん魅惑の変身に、パパも声を失くして棒立ちだ。ママはニッと笑って「買っちゃった」と言った。私のケータイがバイブした。赤堀君からのメイルだ。

『ごめんイブの夜やっぱバイト。抜けらんねー。よろしく』

それだけだった。

絵文字も使っていなかった。パパがママに言った。

「…ああ、いいんじゃないか」

「うん、なんか突然着たくなっちゃって」

「10年ぶりか」

「アハハ、もっと。18年ぶり？　バカみたい？」

「ああ、すごくバカだ。でもまぁ、なんだ、アレか？　そうだ、アレだ。アハハ、薔薇香だ」

節子が顔を赤らめた。正弘がハゲ頭をかいた。ジジィとババァで何やってんだと私は思った。娘がイブの前夜にフラれたっていうのに死ねバカ！って腹が立った。

そしたらまたメイルが届いた。知らないアドレス。つい気になって開いてしまった。

『私、赤堀君の新しい恋人です。イブの夜にも二人で過ごすし、もう一切アンタと会いたくないって赤堀君言ってるんだから、ぜったい連絡しないでください。っていうかメアド変えろ』

私は口に出して「死ねよ」と吐き捨てた。

パパが「何?」と言って私を睨《にら》みつけた。いつものパパは見せない厳しい目つきだった。私は言い訳をするのが面倒だったし、はにかみ合う両親に対しても何だか腹が立っていたから、「死ねって言ったんだよ」と繰り返した。

「軽々しく死ねなんて言うな」

とパパが言った。

「死んじまえ」

と私は言い返した。

純白のロリータ服で口汚い言葉を使っている自分をこそ本当は殺してしまいたかった。

「静花!」と父親は怒鳴った。「静ちゃん、どうしたの? 謝りな」母親がやんわりと言った。またメイルが届いた。『赤堀君がアンタのロリ服似合ってないって』怒られている時にメイルを見るなとまた父が怒鳴った。静ちゃんまたおそろで原宿行こうと母が言った。

私は「うるせぇ」と叫んだ。止められなかった。

「うるせぇ! 似合わないロリータ着てんじゃねぇよ。何があったか知らないけど、いくらおしゃれしたって駄目な人間は駄目なんだから、幸せになんかなれないんだから、綺麗にだってなれないんだから、いつか誰かに似合わないってこと暴かれちゃうんだから、とっくにみんなにバレてんだから、静花もママも駄目ロリータなんかもう死んじゃえばいいんだ！　ママ死んじゃえ！」

その直後、私はテレビドラマみたいに、生まれて初めてパパに殴られた。

ドラマと違うのは、私がロリ服のままファミレスで落ち込んでいると、チャリでやってきた正弘が、ペコペコ何度も頭を下げたことだ。

「ごめんごめん静ちゃん何でも頼んでいいから許してぇ」

だって。

こんな威厳のない父親はドラマじゃ見たことがない。

「もういいって、パパ」

私が言うと、正弘はホッとした顔になった。

夜更けのファミレスで向かい合うハゲ親父とロリ娘。店内にはジングルベルが流れ始めた。

「静花もごめんね。でもパパ、ママ一体どうしたの？　何かあったの？　理由知ってんでしょ？」

「ん？　あの服か？　さぁ…こ、更年期障害ってやつじゃないか。ア、アハ、アハハハ」

「パパって、嘘つく時いつもどもりながら笑うよね」

パパは黙ってしまった。

私がジッと目を見つめると、パパは観念した。

ポツンと言った。

「子宮に影があったそうだ」

「え！」

先週、ママはガン検診を受けていた。

「クリスマスが過ぎたら、ママは入院する。いや、検査のためだ、うん。でも、結果次第では長くなるかもしれない…。いや…多分…なる」

窓の外にチラチラと雪が降り始めていた。

「だから入院まで、なんでも好きにしていいとママに言ったんだ。なんでもだ。そしたらあんな服買ってきた。青春…ってあるだろ？　もう一度青春をやり直してみようとママなりに決めたんだと思う。若い静花にはわからないかもしれんが、どんなオジン、オバンにも青春の頃があって、それはキラキラと輝いていて、人はその頃の思い出の宝物を時に取り出しては、生きるための元気をもらっているものなんだ。ママは今、思い出の服を身に着けて、一生懸命、元気になろうとがんばっているんだ。確かにロリータ38歳はちと痛いかもしんないけどな。でもあの服は、似合わなくても、きっとママに幸せを運んでいるんだと思う」

「…ママが、昔ロリだったの？　初めて聞いた」

「ママは昔、薔薇香と名乗る有名なロリータで、俺らバンド連中のアイドルだったんだ」

「え⁉　パパがバンドやってたの⁉」

「どんなオヤジにも青春時代はあると言っただろ。20年前、俺はロン毛のビジュアルでモテモテでな、マサって名乗ってた。MASAって書くんだぞ。バンド名は『サイレント・フラワー』だ」

「サイレント・フラワー…、それって私の名前…」

「お前が生まれて、パパとママの青春は終わった。悔やんではいない。そこから親としての人生が始まったんだから…。だし、どうせ続けても俺ハゲちゃったしな」

アハハとパパが笑った。店内のBGMがホワイト・クリスマスに変わった。

「あのな静花。明日な、若いやつが着るような、かっちょいい服売ってる店を教えてくれないか」

「え？　何で？」

「いや、ママを励まそうと思って、ちょっとバカなこと思い付いたんだ。ママが薔薇香になりきってるなら、その…パパも明日一晩だけでも、ホラ、クリスマスだしさ。その、MASAになりきって、ママを食事にでも誘ってあげたら喜ぶかなって。あ、人目に付かないシャレた店も知ってたら教えてくれよ」

「うん、いいよ。お腹が出てても着られるかっこいい服、静花が絶対見つけてあげる。それからそのお食事会、静花は行っちゃ駄目？」

「だってお前、赤堀君と…」

「私、赤堀君よりMASAに会いたい」

「よし。今、会わせてやる。静花、笑うなよ」

「え？　今？　ここで？　どうやって？」

「青春のMASAがハゲてちゃママもがっかりだろ？　そう思って、さっきおもちゃ屋で長髪のカツラ買ってきた。明日の予行演習に今ちょっとかぶってみるぞ。静花、笑うなよ」

正弘はキョロキョロと店内をうかがってから、もう一度「笑うなよ！」と言って、カバンから取り出した長髪のカツラをギューーッと頭にかぶった。

ロン毛のパパが、私に言った。

「メリー・クリスマス薔薇香。久しぶり、MASAだ」

武田鉄矢にしか見えなかった。でもパパの心配は無用だった。私は笑わなかった。笑うより、なんだか涙がこみあげてきて困ってしまった。

夢だけが人生のすべて

その頃、修《おさむ》、ナミオ、そしてやや子を巡る青春の物語は、まったく河合奈保子《かわいなおこ》の歌そのものの様相を呈していた…と書いたところで、年若い読者の誰一人として河合奈保子のことなど知っちゃいないだろう現実に、しみじみと筆者は時の流れを感じずにはいられないのである。

河合奈保子とは八十年代の巨乳アイドル。代表曲に『けんかをやめて』がある。

♪けんかをやめて　二人を止めて　私のために争わないで　もうこれ以上♪

との「お前何様のつもりだ」と誰しもが思う傲慢《ごうまん》な歌詞内容だ。

ところが、一言一句変わらぬ台詞《せりふ》を、十七歳の秋、やや子は高校の教室で叫んだものだ。

「修、ナミオ、けんかをやめて！」

昼休みだった教室は、一瞬シンと静まり返っただけであった。やや子はそれなりに可愛い顔をした女子学生であったけれど、〝ケイト・ブッシュ〟や〝ドアーズ〟などを聞いて、マッチ、トシちゃんが人気主流であった八十年代の高校においては、いかにも浮いた存在であったし、週末には今で言うところのゴシック&ロリータの服で夜の街へ繰り出しているとの噂もあった。そんな友達になりかねる同級生が、しかも、いつも机に得体の知れぬ絵を描いている修と、これまた何かわからぬ海外小説を常に読んでいるナミオに向かって、「私のために争わないで」などと言い出したのだから、憮然《ぶぜん》とした表情でナミオが出て行った後ですら、同級生たちの大半は「なんだアリャ？　ふざけてでもいるのだろう」程度にしか思わなかった。

ナミオがその日から学校に来なくなり、やがて自殺未遂を企てた挙句、どこか遠くの学校に転校したと風の便りに聞いてさえ、やや子を巡って二人の少年が、断絶と呼ぶべき仲たがいをしたことを、知る者は一人としていなかった。

――――遡《さかのぼ》ること三ヶ月前。

最初にやや子に声を掛けたのはナミオの方であった。

昼休み、一人ぽっちでウォークマンを聴《き》いていたやや子に、こう言ったのだ。

「あのさ、俺、小説家になろうと思ってるんだけどさ」

もちろんやや子はイヤホンを外して「はぁ？」と聞き返した。

ナミオは背後に立っている修を指差して、また言った。

「こいつは、画家になろうとしてるわけ」

キッパリとしたもの言いに、やや子は返す言葉がない。

今度は修が言う。

「アンタ、いつも一人で変な音楽聴いて、わかんないけど、俺らと同じ類《たぐい》の、その、同じような人種なんじゃないかと思ってさ。あの、アンタは何になりたいの。その…将来的には？」

服を作る人になりたい。——思わず言いかけて少女は慌てて口をつぐんだ。つまらないやつしかいない教室の中でそのことだけは絶対に誰にも教えてやらないのだと心に決めていたからだ。まぁ、誰一人聞いて来る人もいなかったのだけれど。

「ま、いいや」と修が言った。

「でね」とナミオが続ける。

「あのさ、俺らなんちゅーか、自分の腕を試してみたくてね、俺が脚本を書いてこいつがカメラを回して、8ミリ映画を作ることにしたんだ」

「…どんな映画？」

と尋ねてから『そういえば私、クラスの男子と口をきくなんてこれが初めてだ』とやや子は気が付いた。

修が、ナミオに代わって答えた。

「誰も見たことのない、奇抜でスゴイ映画。主役が女なんだ。アンタ、出てくれないかな」

いつか、大人になったら『誰も見たことのない奇抜で美しいドレスを作るんだ』との想いを胸に秘めていたやや子は、とまどいつつも、ついつい、「うん」小さくうなずいていた。

――夏休みを丸々使って、三人の映画は完成した。

出演者はやや子一人だった。手作りの服を身にまとい、修の構えるカメラの前で少女は走り、ころび、笑い、泣き、そしてナミオの書いたモノローグ（不条理極まりない散文詩のような内容の）を語った。編集したフィルムにはやや子のセレクションした〝キュアー〟や〝デヴィッド・シルヴィアン〟の曲をかぶせた。そして修の六畳の勉強部屋で、三人だけの完成上映会を開いた。

カタカタと映写機の心地良い回転音を聞きながらやや子は、闇の中で『生まれて来て初めて自分は何かを成し遂げた』との、充足感を得ていた。

だが、修とナミオの二人にとっては、映画制作はわだかまりと相反とを生じさせる作業となってしまっていた。

嫉妬《しっと》、独占欲、やや子に対する恋愛感情の激突である。

映画を作るうち、二人の中にそれは次第に膨らみ、複雑に絡み合ってしまっていたのだ。思春期の少年同士ともなれば、恋も、憎しみも、熱い感情はフィードバックし合ってどんどん大きくなるより仕方がなかった。特にナミオには激情的なところがあった。闇の中で修に絡み、挙句に怒鳴った。

「修、前から思ってたんだけどさ、お前には絵の才能なんかこれっぽっちもねぇよ」

プライドの部分を傷付けることによって、少年はせめて相手より優位に立とうと試みた。ややや子が最初、ナミオの方にほのかな想いを抱き、後になって修の側へ心傾いた点も、彼の憤りを増幅させる要因となっていた。サブカル少女の初恋ならば、揺らめくこともある。裏切りと責めることは出来ないと大人になればわかるのだが。

「おいナミオ、俺だってお前の才能を認めない。いやそんなものお前にはない。お前は一生小説家になんかなれねぇからな」

プライドを傷付けられて狼狽《ろうばい》したのはむしろナミオの方だった。切れて怒りの矛先をやや子に向ける幼ささえ見せた。

「やや子！　お前の似合わねぇ変な服がそもそも映画を駄目にしてるんだよ」

やや子の両目から、幼女の頃のように、涙がとめどなくこぼれ落ちた。えっく、ひっくとしゃくりあげながら少女は『誰も見たことのない奇抜で美しいドレス』を作りたいとの想いが、自分を支える、たった一つの誇りであったのだと、生まれて初めて強く自覚した。

『だからこの誇りだけは生涯ずっと捨ててはならないのだ』泣きながらもそう思った。

涙でかすむ視界の中に、また生まれて初めて、男同士が殴り合う光景を、やや子は見た。

――それから二十数年の歳月が流れた。

今ではやや子はブランドのオーナーである。彼女のデザインする華美な装いは、かつてのやや子のような、先鋭的なセンスを持つがゆえに教室内で孤独を感じざるを得ない少女たちから絶大な支持を得ていた。

修は画家となった。

だが数年前に筆を折っている。銀座で開かれた彼の個展に、白い杖《つえ》をついて来客を歓迎する修の姿があった。その横で腕を取り、支えているのは彼の妻となったやや子であった。

来客もなくなり、今日はもう閉めようかと夫婦が語り合う夕刻に、背中を丸めた中年の男が、おずおずと画廊を訪れた。中を覗《のぞ》き、やっぱり帰ろうと向けた背に、「ナミオ」と声を掛けたのは、意外にも盲目となった修であった。

「…わかるんですか？　でもあの…」

「光を失って以来、気配っていうか…逆に見えないものが見えてきた。いや、ナミオ、お前だからわかったんだよ。よく来てくれたな、二十年ぶりか？　嬉《うれ》しいぞ」

「いや、もう二十五年は経っていますよ」

「そんなにか！　だよな、俺ら最後に会ったの十七歳の頃だったもんな。おい、懐かしいな」

「ええ、本当にお久しぶりです」

「ナミオ」

「なんですか？」

「やめてくれよ、敬語」

ナミオが「ああ…」とため息をもらした。

「でも、修さん…修は、ちゃんと画家になったものな。俺は、ダメだったから…」

「そんなこと関係ないだろう。それに俺も目が見えなくなってからは元画家だ。ナミオ、糖尿病は怖いぞ」

ハハハと修が笑った。ナミオはやや子に目を移す。

「やや子ちゃんも、スッカリ夢を叶《かな》えて。いつかはヒドイこと言ってしまって、ごめんね」

「何十年も前のことを、わざわざ謝りに来てくれたの？」

「うん、それもある。ずっと気になっていて…。あんなこと言っちまって…才能なかったのは俺の方だったのに…」

「ナミオ君、違うの」

「何が？」

「ありがとう」

「え？」

「私が今あるのはナミオ君のおかげよ。あの時コテンパンにアナタが言ってくれたから、絶対負けちゃいけないって、ずっと私は頑張って来れたんだから」

　やや子もそう言って、アハハと笑った。二人の笑い方があんまり似ているものだから、『あの時に身を引いた自分の人生の選択は間違っていなかったんだな』と、ナミオは少しだけ心が軽くなった。

「ナミオ、お前もう小説はやめたのか？　まだ俺らそんなジジーじゃないだろ。諦《あきら》めることはないよ」

　修が言った。最近の彼が、盲目の人々にも触感で楽しむことの出来る彫刻作りを始めたとの記事を、ナミオは新聞で読んで知っていた。だから不屈の精神を持つ友人に、『経済的な理由でもう小説どころではない』などと、とても弁明をする気にはなれなかった。

　しかし、盲目の画家は弱気の理由さえも気配で察した。

「まぁ…機会はいつだってあるものな。それよりナミオ、今日は飲もうよ。飲めるだろ？」

　ナミオが「ごめん」と言って手を振る。

「もう行かなくちゃならないんだ。明日からは嫁の実家で田舎暮らしさ。別れを言いにきた」

「そうか、残念だ」

「…あの、なぁ修」

「なんだ」

「頼みがあるんだ」

「断るわけないだろ」

「お前は画家になった」

「うん」

「俺だけがダメだった」

「夢だけが人生じゃないんだろ」

「表現意欲を持って生まれた者には夢だけが人生のすべてだ」

「だったら諦めるな」

「うん、俺はやっぱり小説家だ」

「わかってるさ」

「社会に認められなかっただけだ」

修が黙した。ナミオが続けた。

「それでもいい。ただ、お前にだけは、俺が小説を書ける人間だと認めてもらいたかったんだ。この二十五年間、その想い一つで頑張ってきた。でも、もう時間がない。だから修」

「なんだ？」

「光を失ったお前のために、今から俺は、お前の絵を、俺の言葉で描写する。もしも、お前の脳裏に、俺の語る言葉で、お前の絵をまざまざと思い浮かべることが出来たなら、修、お前、俺が、小説を書く才能を持った男だったと、認めてくれないか？」

修はゆっくりと妻の方を向いた。ふっ、と笑って「こいつ大仰なところが十七歳のままだよな」と言った。やや子も微笑み、サングラスの夫に、「どの絵にしてもらいますか」と尋ねた。

「アレにしよう。うん、俺はあの絵が見たい。ナミオ、『窓の外の少女』と題した絵がそこにあるだろう」

ナミオが画廊の絵を一つ一つ見ていった。

一番奥に、小さな油絵を見付けた。

「修、これか」

「ああ、見せてくれるか。お前と一緒にその絵を見たい」

「うん」

「やれるのか？　俺のジャッジは芥川《あくたがわ》賞の選考委員より厳しいぞ」

「ああ」

そしてナミオは絵の前に立つと、一つ息を吸ってから、西陽の照らす画廊の中で、ゆっくりと語り始めたのだ。『窓の外の少女』について。

「……おそらくは十七歳であろう少女が聴いているのは疑うべくもなくケイト・ブッシュだ。彼女は、自作の服を着て窓の外から二人の少年の語らいを覗き見ている。彼女の服をなんと言い表そう…」

ややこが息を呑んだ。小説家は言った。

「そう、それは、誰も見たことのない、奇抜で美しいドレス」

戦国バレンタインデー

戦国時代へ留名《るな》がタイムスリップする理由を、神様は「移し変えの失敗」と説明した。

バレンタインデーの夜、近所の公園で、憧《あこが》れの同級生マッくんへ、ついにチョコを手渡そうとしたまさにその時、留名の体はスーッと透明となって、どこともわからぬ極彩色《ごくさいしき》の世界へと放り込まれてしまったのだ。呆然《ぼうぜん》としている少女の目前に、白髭《しろひげ》白装束の老人が煙と共に現れて言った。

「やあ、ワシは神様じゃ」

「えっ!? なんてわかりやすいかっこうなの」

「どんな姿でもよいんじゃがの、ホレ、やっぱりこの姿が説得力があると思っての。しゃべり方もな」

「で、神様、ここどこよ?」

「戦国時代へ向かう時空のトンネルじゃ。お前は今、タイムスリップしている途中なのじゃ」

「え〜〜っ!? な、な、何でよ〜!?」

神様がペコンと頭を下げた。

「すまん。移し変えの失敗じゃ。いや実は、過去から宇宙の終わる未来まで、この世に起こる全てのことを記録した〝アカシック・レコード〟というのがあるんじゃが、記録媒体がもう古くての。新しいソフトに移し変えようと神様会議で決まったんじゃ。ワシが担当となったんじゃが…ハードの扱いにうといもんでついミスをしてしまった。ホラ、CDからiPodに移し変える時に途中で電源切っちゃったよ…みたいな。今修正しておるんじゃが、いくつか時空にタイムホールを作ってしまった。調べたところお前さんが二時間だけ数百年前の今日へ時間を遡《さかのぼ》るらしい。ちょうど戦国時代じゃ。前もって謝っておこうと思ってな。な〜に、二時間だけじゃ。大したことなかろう？」

「大したことあるっつーのよ〜!!」

あ〜！　と悲鳴をあげながら留名はタイムホールを落ちて行った。

目覚めると薄暗い坂の間に倒れていた。

うつぶせ。眼前に腕時計。ＰＭ８：00。身を起こす。遠く無数に燃える赤い炎。どこかここは高い所だ。

背中に殺気。

ふり返った。

え〜！　と留名が驚きの声をあげた。

「ちょんまげ⁉　お、お侍さん⁉」

「何やつじゃ⁉　どこから城内へ入った」

時代劇でよく観る侍が目の前で刀を突き付けていたのだ。侍は精悍《せいかん》な顔立ちだが頬がこけげっそりとやつれていた。鋭い眼光で留名に言った。

「見たこともない黒装束…さては敵の忍びだな」

「え⁉　忍者⁉　ちがうちがう！　私あの、その」

『バレンタインの勝負服にとこづかいはたいたワンピなの』と説明したところで、ちょんまげの侍に通用するとはとても思えなかった。

「おのれ！　斬ってくれる」

「ぎゃあああああっ！」

侍が刀を振りかぶった。二時間どころか二十秒でこの有り様だ。留名が顔を両手で覆い神様をうらんだ断末魔、命を救う一言は侍の背後から聞こえた。

「おやめなさい信衛門《しんえもん》」

信衛門と呼ばれた侍は「姫」と言ってふり返った。

留名が指の間から覗《のぞ》くと、これまた時代劇で観る通りのお姫様が立っていた。姫と言ってもまだ少女だ。10代であろう。『私と同じくらいかも』と留名は思った。

「ですが姫、こやつは敵の間者かと…」

「どうせ決まった負け戦じゃ、間者の一人や二人どうでもよいわ」

「姫、そんなことを言われなさるな。信衛門、命にかえても姫様の身だけは必ずや…」

「お前とこの城内をかけまわったやや子の頃より、生き死にの覚悟は出来ておる」

姫が言い切ると信衛門は黙ってしまった。

「あ」と留名は小さく声を上げた。

震える侍の肩を見て、姫に対する彼の秘めたる想いを、留名は少女ならではの勘で一瞬にして悟ったのだ。では姫の方はどうなのだろうと彼女を見れば、さすがセレブならではのポーカーフェイスだ。シレッとしている。

ところが超然としたその表情が留名の服を見るなり一気に崩れたではないか。

ニッ、と口の端を曲げて姫が言った。

「おい娘、わらわにその着ているものを貸せ！」

へっ⁉　驚く留名へ姫がズンズンと近づいていった。信衛門をおしのけて目前へ。下から上までジロリと見てから「ほうっ」とため息を一つ。

「…なんと美しい。異国の着物か？」

「ええ、まぁ」

「わらわに貸せ」

「え、いやだ。勝負服だもん」

勝負と聞いて信衛門が「相手になるぞ!」と怒鳴った。片手で彼を制した姫はもう一方の手で留名の服の手触りを確かめる。うっとりと目を細めた。

「せせらぎに指を入れたようじゃ。決めた。これ借りるぞ」

「嫌だってば」

「借りるだけじゃ。よこせ」

「やだってば。ちょっとやめてよ」

「よこすのじゃ!」

「やめっつーのよ!」

襟首を持って「貸せ」「よせ」ともみ合いが始まった。

年も背かっこうもよく似た二人の押し合いへし合いは姉妹ゲンカのようであった。姫まで斬っちゃいけないと刀を構えたまま信衛門はその横で右へ行ったり左へ行ったり。

「姫! またわがままを申されるな」

「信衛門、なぜこいつの味方をするんじゃ」

「お侍さんの言う通りよ、信衛門さん、言うことはビシッと言わないとダメよ! 好きな女の子にはね」

途端に信衛門の顔が火を噴いたように真っ赤になった。

ドドドッと足音を立てて沢山の侍たちがなだれこんできた。アッと言う間に三人を取り囲む。すると姫がふり返って言った。

「大勢でなんじゃお前ら。女の着がえに役立つ男が一人でもおるというのか？　ん？」

城内の女たちが周りを囲む中で、渋々ながら留名は姫に服を貸すこととなった。

女の一人に代わりの着物を手渡された。その女は骨と皮のような細い腕をしていた。見れば、どの女たちもやつれていた。部屋の隅に開いた小窓から、遠く赤い火がやはり無数に見えていた。

姫もやせ細っていたが、興味津々のまなざしで留名の脱いだ服を見つめている。

「おい、早くせい。早くよこすのじゃ」

一刻も早く着てみたくてウズウズしているのだ。『きっと買ったばかりの服をすぐ試したくて駅から家までダッシュする時の私みたいな気持ちなんだな』留名は思った。それで、軽く意地悪をしてみた。

「待ってよ、今、着物着てるとこなんだから」

「早くせい。早く、わらわに着させてくれ」

「え～、私が着せるの？」

「当たり前じゃ、正しい着付けを知っているのはお前だけじゃ」

マジ～？　と思いながら、渋々と姫に着付けを始めた留名であったが…ここで奇妙なことが起こる。

「こうか？」「あ、袖《そで》はこのあたりまで」「こうじゃな？」「そうそう、あ、可愛いかも」「背中に手が回らん」「私やったげる」「すまんな」「お姫様、サイズバッチリよ」

身をよせ合い、着付けという共同作業をしている内に、ほんのわずかな時間だというのに、少女同士の心が言葉ではないところで通い合ったのだ。

時間や空間をはるかに超えた部分で、かわいい洋服に袖を通してみたいというおしゃれごころは何一つ変わるものではなかった。一枚着させていくごとに、留名の面前で姫はメキメキと美しく変貌《へんぼう》していった。着ることを姫は心から楽しんでいた。その高揚が留名の心にも強く伝わった。興奮は二人の少女の間で言わばフィードバックを起こし、どんどんと互いの感情が高まっていった。二人は姫の体を使った着せかえ人形遊びに夢中となった。

ボンネットをかぶせると「おかしくないか？」と言って姫が微笑んだ。

「全然。お姫様、とっても可愛い」

「そうか、ふふ…それにしても不思議じゃ、昔からお前を知っているような気がする」

「昔じゃなくてきっと未来よ」

「何？」

「あのね、私、留名。神様の手違いで数百年後の今日から来たの。きっと私と姫、いいえ、姫の子孫が私と未来で出会うのよ」

もしかしたら、来年かさ来年かわからないけれど、このお姫様の子孫と私は数百年後の未来に出会い、仲の良い友人になるのではないか、留名はロマンチックな想像を膨らませた。それなら今、急激にシンパシーを感じ合った辻褄《つじつま》が合うではないか。

ところが、姫が首を振った。

「たわけたことを。留名とやら、わらわに子孫などは残らない」

「なんで？　わからないわ、それこそあのお侍さんと…」

姫がさえぎって言った。

「夜明けに、わらわは自害いたす」

「え…自害って、自殺ってことよね？」

部屋中の女たちが頭を垂れた。すすり泣きを始めたものもあった。

姫が窓の外の炎の群れを指差した。

「兵糧攻《ひょうろうぜ》めじゃ。四方を敵兵に囲まれもうこの城には米つぶ一つ残っていない。囲みを止めさせ、城下のものを守るためには、一族の首を渡さなければならない。女のわらわが助かる道も残されているが…誰があんなやつらのところへ嫁ぐものか！　それぐらいなら、この首くれてやるわ」

ゴシック&ロリータの服を着た姫君。誇り高く死の決意を語った。

けれど、呆然《ぼうぜん》としている留名を見て再びニッコリ。

「だから、この着替えが最後のたわむれだったのじゃ」

留名はしばし黙した後、言った。

「…姫…信衛門さんはどうなるの」

「腹を切る。あの世で会うじゃろう」

留名が「ダメ！」と大声を上げた。

「…ダメよ…ダメ！　そんなの私認めない。だって私わかるもん、未来の友達の勘でわかっちゃったもん。あなただって彼のことを…あの世でまた会うなんて言わないで、生きて、二人でうんと楽しまなくちゃ」

「お前の時代では、そうなのか？　その、男と女が…」

「そうよ。あのね、バレンタインデーってのがあって、女のコが男のコに気持ちを告白出来るの。うまくいったら、二人でいろんなところに出掛けて、おしゃべりをして、うんと生きて恋することを楽しむんだから」

「そんな時代に生まれていたならな」

姫が遠く炎を見つめた。

「ねぇ…お姫様」

「なんじゃ」

「姫は信衛門さんに好きって言ったの？」

ズバッと尋ねればあたりの女たちがざわついた。姫も「な、何を言っておる」とあわてふためいた。

「またたわけたことを。な、何をいったい…」

「だってわかるって。好きなんでしょ」

ざわめきはさらに大きくなった。姫はもう真っ赤だ。

ただでさえ身分の違いが邪魔する上に、女性の側から愛を打ち明けるなど戦国の世にありえるわけがないことくらい留名にもわかる。しかし、朝には自らの命を絶つという彼女に、留名は何か少しでも役に立ってあげたいと心から願った。未来の女友達、その悲恋が哀れでならなかった。せめて信衛門にその想いを伝えさせてあげられないものなのか。

チラと時計を見ればすでにＰＭ９：20。残された時間は後わずかだ。現代へ戻る前になんとかしなければ。

姫のために戦国バレンタインデーを最高のものにしてあげなければ。

「そうだ！」

突然、そう叫んだ留名が姫に抱きついた。

「な、何をいたす」

抱きついたまま留名がキャーキャー言って大騒ぎを始めると、女たちの何人かが懐から短刀を取り出して立ち上がった。姫と留名を囲むが同体となっているため誰も手が出せない。

「ちがう！　アンタたちじゃないの！」

そして再びキャー！　と留名が大声でわめく。

するとまた、ドドドーッと足音が近付いて侍たちがなだれこんで来た。

先頭に信衛門の姿を確認するや留名は姫の体を離した。

だが手だけは握りしめたまま床に座る。対面《トイメン》に姫も座らせた。勘のいい姫が素直に応じる。

仲良く座した二人に侍たちは思考停止の状態。少女たちを囲んでどうしたものか動きを取りかねている。

留名が姫に何か耳打ち。

姫が男たちに言った。

「あわてるな。たわむれていただけじゃ」

最後の夜なら悪ふざけも仕方あるまい。男たちがそう思い去っていこうとすると、姫が「信衛門だけは残れ」と告げた。

彼一人を残し部屋には女ばかりとなる。

信衛門が座した。

その面前で、姫と留名が対座している。

留名が深々と頭を下げた。

「お姫様、いろいろお世話になりました」

姫は留名が何をしようとしているのかわからない。とりあえず「面を上げ」と言ってみる。かしこまった表情で留名が言った。

「私はもうすぐ消えますが、命を助けていただきました。姫、お礼をさせて下さい」

「この異国の着物で十分じゃ。かえってお前のおかげで面白い遊びができた、気晴らしになった。こちらが礼を言いたいくらいじゃ」

「あ！　そう⁉　それなら、私にごほうびをちょうだい」

「何…何がよい？」

姫は、そのプレゼントの内容こそが留名の「作戦」なのではないかと察した。

少女の答えは案の定であった。

「ものじゃないの。言葉が欲しい」

「そんなものでよいのか？」

「一国一城のお姫様の言葉だもの特別です」

「何を言えと」

「アドバイス」

「アド…なんじゃ？」

「えっと、つまり助言っていうのかな…こうすればいい、こうするべきだって生き方のススメを、お姫様の言葉で欲しいんです」

「ああ…留名、わかったぞ」

姫が、こくん、とうなずいた。

留名の策に早くも勘づいたからだ。

周りの女たちも、この娘の賢明な作戦に「なるほど」と心で思う。

信衛門一人が、なんのことかサッパリわからないでいる。数百年前も、男というのは勘のにぶい生きものだったのである。

「姫、それは、人を想う心についてです」

「わらわでわかることなら」

「あなたにしかわかりません」

「うん」

「姫、想いをよせる人がいて、きっとその人も自分を想ってくれていて、でもお互い、そのことを口に出せずにいます。とても苦しいものです。姫には、このつらさってわかりますか?」

つまり自分への助言に見せかけて、姫の口から信衛門への想いを語らせようと留名は試みているのだ。

姫はじっと考えてから、言った。

「わらわにはそんな経験がないからわからない。けれどもしそうなら、兵糧攻めよりはるかにつらい苦しみなのであろうな」

「やはり、相手に言うべきですか」

「言ったらいい。きっと、楽になる」

「私にはとても言えません」

「言わなければきっと悔いることとなる」

「言えません」

「どんな想いじゃ？」

「どんな想いだと姫は思われますか？」

時空を超えた女同士が阿吽《あうん》の呼吸で話を転がしていく。

周りの女たちがハラハラと見守っている。

信衛門はまだポカンとした顔。この男、現代にもよくいる天然系ってやつである。

「わらわにわかるものか」

「想像して言ってみて下さい」

「ソーゾー？」

「思い浮かべてみることです」

「ソーゾーでよいのか？　ソーゾーじゃぞ」

「はい、わかってますって。想像ですね」

姫が瞳《ひとみ》を閉じた。女たちがゴクリと息を呑《の》んだ。

留名は心で『姫、がんばって』と願う。

ゆっくりと姫が目を開けた。留名に言った。

「ずうっと昔から想うていた」

「はい」

「二人が共に小さな頃から」

「ええ」

「いつか石段で転んだ時、駆けて助け起こしに来てくれた」

「…」

「いつ何時も心の中にあって、消えることはなかった。もしも死が二人を分けたとしても、たどりついた先が地獄でも極楽でも、必ず探し出す。いつも守ってもらっていたが、命をかけて守りたいと願っていたのはわらわの方じゃ、この美しい着物を着たいとわがままを言い出したのも、最後に誉め言葉の一つも言葉にして欲しかったからじゃ…。わかったか留名、これがわらわの、ソーゾーじゃ…」

「はい、お姫様。とても素敵な想像です」

女たちがだまりこんだ。

さすがの信衛門も勘づいた。矢に射られたように身を硬くした。言葉を出せないでいた。

留名を仲介しての姫から侍への告白。我が国においてバレンタインのその儀式は、チョコレートこそないものの、はるか昔の戦国時代にすでに行われていたという、これぞ歴史的新発見なのである。

「姫、私も一つ、想像していいですか…」

「なんじゃ」

「きっと姫は生きのびる、そして信衛門さんとやや子をもうけて、その子孫は数百年の時を超えて、私と出会って親友になるんだ」

嚙《か》み嚙みで信衛門が「ひ、姫、お、お、お綺麗《きれい》でございます」と姫のゴスロリファッションを誉めると、姫は微笑んで別室へ去った。やがて通常のお姫様ルックとなって戻って来た。服一式を留名に返した。

その時ちょうど二時間が経過。

別れの挨拶《あいさつ》もそこそこに、留名はまたタイムホールへと落下していった。

——留名の目の前にマッくんが立っていた。

留名は自分が、最初に消えた時と寸分違《たが》わぬ状況で現代に戻って来たことを悟った。留名の手にハート型のチョコが握られていた。マッくんがすまなそうに首を振っている。

「ごめん、俺、彼女がいるんだ。そこに来てる。留名ちゃん、早く帰ったほうがいいよ。スゲー気の強いやつだからさ、わがままだし」

マッくんがチョイっと指先で示した公園の隅に、他校制服の少女が一人、留名をにらんで立っていた。

留名は、「あっ」と声をもらした。

フラれたばかりだというのに、にらまれているというのに、留名は満面に笑みを浮かべた。

――どうやって姫が逃げおおせたのかはわからない。きっと信衛門の大活躍があったのだ。そして二人は留名の想像の通り玉のようなやや子をもうけ、代々伝わった遺伝子は、数百年後の子孫に、姫とそっくりな表情を形作ってみせた。

今、公園の隅で留名をにらんでいる一人の少女に。

留名は彼女に向かってちぎれんばかりに手を振った。

「ようやく会えたね！　私の服を貸してあげる」

東京ドズニーランド

埼玉のはずれにありながら、その遊園地は東京ドズニーランドと名乗っているのです。

広大な敷地を誇るこの夢の施設は、季節を問わずたくさんの人々で溢《あふ》れ返っています。ファミリー、カップル、修学旅行生、さらにはネット集団自殺の引きこもりグループまでもが、「死ぬまでに一度は」との想いを胸に、はるばるやって来るのです。

人気アトラクションには数時間待ちの行列が作られます。不人気な「魅惑のコンコンチキルーム」でさえ45分待ちなのです。目玉はドズニー・キャラクターによる行進です。モルモットのモッキー・ナウズを先頭に、その恋人のモニー、家鴨《あひる》のゴナルド、熊のペー、象のマンボ、熱帯魚のノモなどが、電飾も輝かしく歌い踊るのです。業界ゴロの大槻《おおつき》ケンゾさん(35)によれば、「ありゃLSDの幻覚そのままだぜ」とのことですが、果して創作者たるドズニー氏がそれを愛していたかはわかりません。

ともかく、東京ドズニーランドはみんなの憧《あこが》れの地なのであります。


クリスマス・イブの寒い朝。

川越《かわごえ》キャベツ祭りのイメージ・キャラクター、「キャベツのキャーベちゃん」が、ドズニーランドへ出かけました。地方イベント用のゆるキャラである彼女は、キャラ界の頂点であるモッキー様を、一目その目で拝んでみたかったのです。

「もしも目が合って手など振ってもらえたら死んでもいい」

キャーベちゃんは思い、ゆるキャラなりにせっせとおしゃれをして家を出ました。甘ロリで決め！　エミキューにロッキンに、もちろんヘッドドレス。

ニコニコでゲートをくぐろうとしたところを切符もぎりの姉ちゃん…いえ、キャストのお姉さまに止められてしまったではありませんか。

「お客様の御入場をご遠慮致します」

「え？　キャーベのどこがいけないの？」

「ドズニーの世界観は完璧《かんぺき》なのです。ドズニーワールドには他のキャラは存在し得ないのです。あの、お客様はどちらのイメージ・キャラクターでいらっしゃいますか？」

「か…川越キャベツ祭りです」

ふっ、と、鼻で笑われてしまいました。

「ふっ、格が違うのよね」

可哀想にキャーベちゃんは真っ赤になってうつむいています。

「それに、その服もいけませんね」

「え？　うんと奮発して買ったロリなのに？」

「ドズニーでは、ドズニーのキャラより可愛い恰好《かっこう》をしてはいけないのです」

「そんな⁉　そりゃ服は可愛いけど私自体はファッション誌の読者モデルにだって受からないし…」

「それに最近、ゴスロリは危ないやつらだってテレビで言っていますしね」

「偏見よ！　テレビなんて、ゴスロリ叩《たた》こうとしてヘビメタの店に取材に行くようなアンポンタンじゃない！　第一私はゴスじゃなくてロリ！」

「とにかくお引き取りください。行進に飛び入りでもされたらたまったもんじゃない。ま、ちょっと雨が降ったら中止ですけどね。さぁさぁ、とっとと帰りなこのダメキャラ！」

ワ〜と泣きながらキャーべちゃんは駆け出しました。

そしてそのまま埼玉の冷たい川に身を投げたのです。

「同じようにこの世に誕生しながら、どうして身分に差が生じてしまうのですか？　どうして愛される者と相手にもされない者とに分かれてしまうのですか？　どうしたら私は愛されるのですか？　着飾ってもダメなのですか？　心までは飾れませんか？　それならお洋服だけが地上に残って、私は消えてなくなればいい」

キャーベちゃんのボーイフレンド、キャーベ君が、冷たくなった彼女の死ぐるみを水面に発見したのはそれからすぐのことでした。

「おのれドズニー！　許さんぞモッキー!!」

キャーベ君は全国のゆるキャラたちに一斉《いっせい》蜂起《ほうき》を訴えかけました。

昼過ぎには続々と集結し始めました。町おこし、村おこし、商店街、デパート、ありとあらゆる弱々イベントのために作られたゆるキャラの着ぐるみたちが、巨大資本主義の権化であるドズニー、そしてその手先であるモッキーたちに対し、平等を求めて今こそ立ち上がったというわけです。

「いわれなき偏見の目を許してはならない！　我らに平等の権利を！　我らに正当の愛を！」

1・2・3・ダー!!

キャーベ君が右手を空高く突き上げました。

何百、何千というゆるキャラの群れが、一斉に走り出しました。

その夜、ゴシックな装いに身を包んだ少年と少女が、人気のない、古ぼけた遊園地で手をつないで震えていました。

御両親に「ゴスロリは危険らしい」と言われ交際を禁じられた若き恋人同士が、天に召されようと決意し、最後の思い出にとこのさびれた場所を訪れたのです。

「ドズニーは今の僕らには華やか過ぎるからね」

少年が言うと、少女が寂しく微笑みました。

白い息が二つ、すぐに一つになって夜の中へ消えていきます。

「寒いね、コーヒーでも飲もうか」

ところが売店の前の、吹きっさらしのベンチには先客が座っていました。

数体の着ぐるみが、焼きそばを肴《さかな》に酒をあおってやさぐれていたのです。

「てやんでぇバーロー！　イブのかき入れ時によ、なんで俺様がこんなボロ遊園地に連れて来られなきゃいけねーんだよ！」

それはモッキーを中心とした埼玉ドズニーランドのキャラクターたちでした。

ゆるキャラ軍団によって拉致《らち》された彼らは、この古ぼけた遊園地に捨てられてしまったのです（一方その頃、ドズニーランドでは、行進を見るために詰めかけた観客たちが、見たこともない奇妙なキャラクターたちのパレードが始まって、口をあんぐり開けたまま固まっているところでした）。

「このモッキー様がなんでこんな目に…。おい、そこの二人、何見てんだよ！」

モッキーが少年と少女に毒づきました。ところが二人は、ワッ！と叫んでモッキーに抱きついたではないですか。

　無理もありません。死を決意した恋人たちにとって、モッキーたちの出現は最高のクリスマスプレゼントであったのです。

　しばし驚いていたモッキーも、やはりそこは腐ってもキャラ界の王様です。やがて二人をヒッシと抱きしめました。少女が言いました。

「生きていると、いいこともあるんだね。私、もう逃げない。もう少しがんばってみる」

　少年も強くうなずきました。二人からことのいきさつを聞いたモッキーは、ハラハラと涙を落とし、語り始めました。

「…ボクは、間違っていた。巨大な資本力と、落ちることのない人気にアグラをかいて、慢心していた。何時間もお客を行列させて平気でいた。ちょっと雨が降れば行進は中止、遠くから来てくれた人々の気持ちを考えようともせず、あまつさえ権利ビジネスに入れ込み、子供たちが学校のプールの底に描いたボクの似顔絵さえ許さず、削り取らせたりしていた。そして何より、他のキャラたちに対して傲慢《ごうまん》な態度を取っていたことを反省すべきだ。生まれて来たものは全て平等なんだ。身分の上下なんて存在しちゃいけないんだ。見た目で判断してはいけないんだ。君たちの涙がそれを教えた。ボク、一から出直すよ」

——数日後、初詣《はつもうで》に出かけた川越の人々は、不思議な光景を目撃しました。

商店街の真ん中で、杵《きね》を持ったモッキー・ナウズが、臼《うす》の傍らに座るキャーベ君と呼吸を合わせ、ぺったん、ぺったん、お餅《もち》つきをしていたのです。

お餅はあんやきな粉に包まれて、川越の人々に配られました。

キャラ王モッキー、川越キャベツ祭りからの再出発です。

爆殺少女人形舞壱号

大音響のギャングスタラップが不意に止まると、少女人形を左腕に抱えた老人がいつの間にかクラブの入り口に立っていた。ホームレス狩りの話で大笑いしていた男のコたちが、「あっ」と息を呑《の》んだ。私も声を失くした。なぜなら彼の右手には、拳銃《けんじゅう》が握られていたからだ。

「この銃はモーゼル・ミリタリー。満州《まんしゅう》から油紙に包んで持って帰った。終戦から60年、一日とて整備を怠ったことはない。試すか？」

老人の言葉に、オーナーのヒロは受話器を取った。ボーイズ・ギャングのたまり場にだって、110番すれば警察はやって来る。

ところが老人は「ふぇっふぇっふぇっ」と笑った。

「満州へは陸軍特務部隊の密使で行った。知らぬじゃろ？　政府要人の暗殺を目的とした兵士でな、電話回線切断などは、朝メシ前のコンコンチキよ」

私の横でアコが豹柄《ひょうがら》の携帯を耳に当てた。

「やベーよマリ、つながんない」焦った声で私に言った。

「お嬢ちゃんたち、あいにくワシのらくらくホンもこの地下では圏外と出ておる。アンタらがヒーバーしている間に、裏口にも施錠しておいた。つまり袋のネズミということだ」

「ジジー、妙な人形抱いて何言ってんだ」

アキラが押し殺した声で言った。ケンカやリンチで何人も半殺しにしてきた不良少年は、腕のタトゥーを見せつけながら老人に近付いて行った。

すると、パン！　と乾いた音がしてアキラはフロアーに倒れた。

天井を見上げた少年の額に銃弾の穴が開いていた。

アコが悲鳴をあげた。

男のコが3人、老人に飛びかかった。

落ち着いた銃撃でモーゼルは左、右、真ん中の順に彼らの体をフロアーに這《は》わせた。

「まだ数発ある。誰から閻魔《えんま》様に会いに行く？」

残った数人の男のコたちは固まってしまった。アコは腰を抜かした。

でも私は、こんな時だっていうのに、老人の抱えた人形に目を奪われていたのだ。

死の恐怖を緩和させるために、私の意識が、少女人形でも見ていろと私の眼球へ命令を下したのかもしれない。

だけど、本当にそれは美しいドールだったから。

金の髪は縦ロール、翡翠《ひすい》の色の両の目、ボンネットを被《かぶ》ったその顔には微塵《みじん》の表情も見て取れない。相当な年代もの。凍った時の中で永遠に夜明けを待っているようだと私は思った。

『お誕生日にはお人形をちょうだい』そんなことを祖父にねだった時代が私にもあったな。

ふと、たかだか10年前の自分自身を、遠い昔のように懐かしく思い返しもした。

「孫娘でな。『舞《まい》』という」

視線に気が付いたのか、男のコたちを睨《にら》みつけたままで、老人が私に人形の名を教えた。

「…いくつなの？　舞ちゃん」

尋ねると「ん？」と言って老人がこちらをチラリと見た。

「終戦の前年から育てておる…。だが、まだ歳は五つじゃ」

人を射殺したばかりの老人がニコリと微笑んだ。

「可愛いだろう？」

「うん、とっても。舞踏会でも行くの？　娘さん。うんとおめかしをしている。赤いお靴がお似合いね」

目の前に広がった死の風景が、私の心を幼女の時代へと連れ戻していた。夜遊びも、ドラッグも、暴力も、セックスも、何も知らなかった子供の頃へと、私の心は逃げ込んで、恐怖をやりすごそうと試みているのだ…。

――あの夜もそうだった。

みんなでホームレス狩りをしたあの直後も、私はみんなの後ろで、幼女の頃に戻った心で、ずっと、お人形のことを考えて現実から逃れようとしていた。

「おいマリ！　相手にするな！」

ヒロが怒鳴った。

「そいつ思い出したぞ。いつも人形に話しかけながら、ここらを歩いているジジーだ。いかれてるぞ！」

「ほう、マスターはワシと舞の会話を盗み聞きしておったか。しかしこれは知らなかったじゃろう？　お前らの殺したホームレスが、ワシと同じ部隊にいた戦友であったということは」


——ただみんなとのノリで始めた路上生活者への暴力だった。最初の頃は私もアキラたちの後ろでキャーキャー言って喜んでいた。どうせ社会から落ちこぼれた人間だ、どうせ長生きしない弱者だ。それより仲間たちのノリの方が私たちには全然大切なことだった。

週末になると公園や川っぷちへと狩りに出掛けた。

でもある夜、高架下で、いつものように老いぼれたホームレスを蹴《け》りつけていたアキラが、「やべっ」とつぶやいたのだ。

「やべっ、こいつ息してねぇぞ」

私はその時、五歳の誕生日に買ってもらったお人形さんのことを思い出して、目の前に現れた死の現実から逃避しようと無意識に試みた。

誕生日の夜、祖父はその少女人形を抱かせる直前、戯《たわむ》れにこんな条件を私に与えたっけ…。

『このコをもらう代わりに、マリはずっと優しい女のコでいるんだぞ。ジーちゃんと約束だ』

そんなこと、言われなくても当たり前だった。

『私はいいコになる。大きくなっても絶対いいコでいる。優しくて、誰からも愛されて、誰だって愛してあげる天使のマリちゃんになるに決まっている』

ゴシックなドレスを着た少女人形を、幼女の私は体いっぱいに抱きしめた。

『…あの人形を、私はいつなくしてしまったんだ？』

アキラたちと高架下の道を走って逃げながら、私は人形をなくした日のことを思い出そうとしていた。だけど、どうしても、思い出せなかった…。

「お嬢ちゃん、そんなに舞が気に入ったかい？」

老人の言葉で私はハッと我に返った。呆然《ぼうぜん》と舞を見つめていたようだ。私は、老人の横顔に言った。

「あの…おジーさん…」

老人は少年たちを見たまま、「何じゃ?」と尋ねた。

「私は…私は撃ち殺されても仕方がないことをしたんだね…。逃げても…ムダよね」

「…ふむ」

「舞ちゃんを見ていたら、それがわかった」

「……」

「撃って。私、最低だ。…約束を、破った」

老人がゆっくりと私の方を向いた。

「お嬢ちゃん、アンタは…」

一瞬の隙をヒロは見逃さなかった。

「死ね!」

と叫びながらカウンターのアイスピックを老人に投げた。

鋭利な刃先が左肩につき刺さるのとモーゼルが火を噴くのは同時だった。

銃弾はヒロの眼球を撃ち抜き、血の一筋を天井まで噴き上げた。

巨漢のヤスが老人に突進した。

モーゼルが撃ち込まれても一発では倒れない。ヤスのダウンジャケットが破れ、店中に鳥の羽根が舞い踊った。

「ちっくしょージジー!」

二発、三発。左肩の負傷で狙いの定まらない老人の連射は、羽根吹雪の中でヤスの屍《しかばね》に断末魔の奇妙な舞踏を踊らせた。

生前に見せたヒップホップダンスよりよっぽど軽妙なステップを踏んで、屍はついにフロアーへと崩れた。

その体を乗り越えて、なんとアコが老人へと襲いかかった。

よく見ればアコの彼氏であるタカシが、恋人の体を抱き、盾にして突っ込んでいったのだ。

「やめろタカシてめぇ！」

「うるせーアコ！　ジジー死ねオラ」

ナイフを持った少年の指を、至近距離からの弾丸は三本ひきちぎってみせた。

続く一発はアコの口腔《こうこう》から入って後頭部を貫き、タカシの眉間《みけん》奥深く到達して二人の息の根を止めた。

「外道め！　お前らが殺したワシの戦友は、銃弾からワシらをかばって一生の障害を背負うこととなった。恋人さえ盾にするほど我が国の若者は馬鹿者になったか！　天誅《てんちゅう》いたす!!」

老人がまた引き金を引いた。カチッ！　と音がした。

「うぬっ」弾切れに老人の舌打ち。

クラブ中の不良たちが老人に飛びかかる。

老人がハッ！　と私を見た。

「舞をたのむ！」

少女人形を放り投げた。

私は、それを、受け止めた。

私の腕の中に、10数年ぶりの少女人形がいた。

その娘は、ずっしりと重く、両腕を広げて、私に無機質の体を預けていた。もちろん血も流れず、息もしてはいない。けれど私は、ベッドの上でアキラに抱かれている時よりも、全然、段違いに暖かい、生命の熱を感じとって、その感動に震えあがった。

――すると、幼き日の祖父との約束が、脳裏にまざまざと蘇《よみがえ》ったのだ。

『このコをもらう代わりに、マリはずっと優しい女のコでいるんだぞ』

目の前で老人がボコられていた。モーゼルを奪われた老人は為《な》すすべもなく、少年たちの暴力に血を流していた。

私は人形をフロアーに置くと、老人の体の上に覆いかぶさった。

「やめよう！　もうみんなやめよう！　私たち、いいコだった頃に戻んなきゃダメだよ!!」

もちろん、それで罪が消えるはずはない。罪を犯したという厳然とした現実は、どんなに逃げようとも、私たちが自覚するまで追いかけて来る。そして、それは自覚した時から痛みに変わるのだ。錆《さ》びついたケーキ・ナイフで無限に刻み続けられるような永久の痛みだ。死ぬよりもつらく、遅々として進まぬ時の牢獄《ろうごく》だ。

でも、罪人は忘れてはならない。思い出さなければいけない。私たちとて、幼き頃には無償の愛と優しさとに満ちあふれていたことを。誰もが絶対の笑顔で抱きしめられ、祝福されるべき未来を確信された日のあったことを。

私たちが痛みを負いながら目指すべき場所は、帰るべき時は、きっと、その日なのだ。愛と優しさに包まれたその日の心に戻るのだ。

その時、初めて罪人は自分の犯した罪の重さを知る。科せられた痛みの意味を知る。そして重さと意味こそが、痛みと共に生きることの意義を私たちに教える。

老人の投げ渡した人形を抱きしめたとき、私はそのことをハッキリと認識した。

私は腕の中の少女人形を、天国にいる祖父からの〝もう一度の約束〟なのだと理解した。罪を犯してもなお、罪を犯したからこそなお『いいコになりなさい』との願いを込めて、祖父は私に、この人形を遣わしたのだ。

私は彼の願いを受け止めた。

だから私は今、再びの約束を誓うのだ。

「戻ろう！　もう一度、いいコになろう！」

横腹に激痛が走った。暴力に興奮した男のコたちは歯止めが利かない。ただでさえドラッグをキメているのだ。思いっきり指を踏みつけられた。生爪がはがれた。顔も蹴《け》られた。一瞬、意識が遠のいた。彼らの足の隙間から人形の足が見えた。私は『ああ、死ぬのだな』と悟った。舞が、立ち上がる幻を見たからだ。

——その赤い足でスックと立ち上がった舞は、両の手の指先でスカートの端をつまむと、ちょっとだけ持ち上げ、片足をもう一方の足の後ろで曲げると、ペコリと頭を下げてみせた。

おしゃまな挨拶《あいさつ》を決めた少女人形は、すると今度は爪先《つまさき》立ちとなり、その場でクルクル踊り始めた。

動きを止め、四方を見回し、手の甲を口の前に持っていって上体をのけぞらせた。きっと「ホホホホ」とお上品に笑っているのだ。

「お、おい、この人形なんだ⁉　踊ってるぞ」

男のコの一人が言ったので、やっと私はそれが臨死の幻覚ではないと知った。

少年たちの暴力が止まった。驚く彼らの目前で、舞は踊り続けた。

「…爆殺少女人形舞壱号じゃ」

私の下で血まみれの老人が言った。

「軍部が開発した要人暗殺用の人形型兵器。プレゼントに送り届けられた英米将校の家で、政府高官たちのパーティーで、ダンスを踊った直後に爆発し、暗殺せしめる機械仕掛けの爆弾なのじゃ。終戦直前に作られた13体のうちのひとつを密《ひそ》かにワシが整備保管していた。あと30秒もすれば舞は爆発する。お嬢ちゃん、今の隙に走って逃げろ」

「でも私はおジーさんの友達を…」

「アンタは心から反省しておる。目でわかる。それに何よりアンタは…」

「何？」

「舞を命あるものとして話しかけてくれた」

血まみれの老人が微笑んだ。

「妻に先立たれたワシは、舞を娘として60年愛し続けてきた。ワシにとっては命ある者なんじゃ。その気持ちをわかってくれたアンタを殺す気にはなれん。さ、逃げなさい。そしてこれからは、ずっと優しい女のコでいるんだぞ」

約束だ。と、おジーちゃんが言った。

ギター泥棒

少女の頃なら誰だって、恋人の死を想像してうっとりすることがある。

かつて私にもあった。だってそれは女のコの究極の物語だから。悲劇のヒロインとして勝るものが他にないし、友達はみんな気を遣ってくれるだろうし、学校卒業まで話題の中心でいられるのだ。

「それに克也《かつや》、二人の愛が永遠のものになるでしょう？　だから君、ベンツとかにひかれてボーンと死んじゃってもいいんだからね」

でも本当は、克也の漕《こ》ぐ自転車の後ろで、冗談めかしてそんなことを言った理由は、ぶっきらぼうな彼氏から、私に対する想いを語らせたかったからなのだ。

冬の放課後、夕暮れのあぜ道、白い息を吐きながら、バンドのリハに急ぐ克也の背にはいつもエレキギターの入ったソフトケースがあって、私は彼の腰にギュッと腕を回すことがついにかなわなかった。

「俺が死んでもトラメにゃ何も残してやらねぇ」

「いいよ、このギターをもらってくもん」

「ふざけんな。こいつは俺の宝物だ。天国へ持ってく」

『私は宝物じゃないの？』

背中で密《ひそ》かにすねていた。

「トラメ」なんて変なアダ名まで私に付けやがって。

やっとコクって克也を初デートに連れだした日、気合メイクを施した私の顔を見てアイツは、『バーちゃんの家の猫に似てる』と言って笑いやがったのだ。その猫の名が「トラメ」なんだそうで学校でも浸透しちゃって私ったらすっかりトラメちゃん。

「ね、今度のライブがクリスマスイブにあるなんて私嬉《うれ》しい。思い切りはしゃいでいいよね？」

「トラメは後ろで観てろ。気が散る。前来んなよ」

結局、ギターと私とどっちが大切なのか克也の口から聞くことは最後まで出来なかった。それどころかクリスマスイブのライブを、私は観ることすら出来なかったのだ。

克也が事故で死んでしまったから…。

――翌朝、遅刻した克也をコンビニの駐車場で跳ね飛ばしたのはベンツではなくBMWだった。降り出した雪がタイヤをスリップさせた。自転車は難を逃れ、そのそばに立てかけてあったギターは克也に、天国へ連れて行ってはもらえなかった。

女のコの究極の物語が現実になった時、悲劇のヒロインは絶望の中でのたうちまわるのだと私は知った。

知らせを聞いたのは授業中だった。泣きながら近付いてくる友達を私は叩《たた》き、蹴《け》り、ヒソヒソとささやき合う級友たちの中へ割って入って「お前らに何がわかる!」と怒鳴ってはまた暴れた。止めに入った体育教師さえ突き飛ばし、学校を飛び出すと、二人で走ったあぜ道に突っ伏した。

だけど私は泣くことだけはしなかった。

『私には克也のためにしなければならないことがある』と思ったから。その務めを遂行するまでは、泣いてなんかいられないと心に決めたのだ。

『私は克也の宝物になれなかったけど、克也は私のかけがえのない宝物だったから、克也の願った通り、あのギターを天国へ持って行ってあげるんだ』

克也の通夜はライブのあるはずだったクリスマスイブに行われた。遺影を見た瞬間、私のノドがクッ、と鳴った。拳《こぶし》を握って涙をこらえた。

そして私は棺《ひつぎ》へと歩みよると、そのそばに置かれたギターケースを抱えて走り出した。

「おい! 待て、どこへ行く! い、痛《いて》え〜!」

喪服の大人たちをギター振り回して蹴散らした。家を飛び出し、外に置いてあった克也の自転車に飛び乗った。

思いっ切りペダルを漕いだ。背中にギターを背負って、ひたすら自転車で走っていった。

あたりには、うっすらと雪が積もっていた。しんと静かな雪景色の中で、「はっ、はっ」

と自分の吐く息の音だけをいつまでも聞いていた。

二人で何度も通ったあぜ道を、一人きりで走った。

雪にタイヤを取られて自転車ごと転んだ。

私は自転車を置き去りに、ギターをかついでヨロヨロと歩き始めた。

『こいつ、一体、なんて重いんだ』

私は初めて知るその重みに驚いていた。確かレスポールという種類のエレキギターだ。こんな重いものを毎日かついで苦にもしなかった克也の情熱を考えた時、私は軽い嫉妬《しっと》と共に、私が宝物にしてもらえなかった理由もなんだか少しわかったような気がした。

やがて私は石段を上り始めた。

街のはずれには寺を有する山があり、そこは克也にコクった思い出の場所でもあった。寺の裏は切りたった崖《がけ》になっていた。足を踏み外せば、まず命はない。

克也の宝物を、克也のいる天国へ持って行ってあげるためには、絶好の飛び降りポイントと言えた。

崖をめざしながら私は思った。

この背中の憎らしいギターのために、何度デートをすっぽかされたかわからない。デートにしたって大概は、ギターの備品やコピー曲のための譜面を買うのに付き合わされるばっかりだった。渋谷《しぶや》にもディズニーランドにも連れていってもらえなかった。話はいつだってロックのこと、ラブソングについては教えてくれても、ラブソングを私には作ってくれなかった。

だけど、わたしはそんな日々が大好きだった。さっぱりわからないギターのウンチクを、克也が夢中で語っている姿を見ているのが、たまらなく幸福だった。

楽器屋での会話が思い出された。

『トラメ、正月のバイト代入ったら俺、クライベイビー買うからな』

『クライ…赤ちゃんが泣くの？』

『バカ、ギターの機材の名前だよ。まったくトラメは何も知らねぇよな』

克也だって何も知らないくせに。クリスマスのプレゼントに、私がこっそりクライベイビーを買って用意していたことも。

『でも克也、それも一緒に今から天国へ持って行ってあげるからね』

山寺の裏の崖に私はたたずんだ。

また、雪が降り始めていた。

白い雪が音もなく眼下の街へと降りそそぐ。

私は、両腕を鳥のように広げた。

翼のかわりに、エレキギターを背負って。

そしてゆっくりと目を閉じた。天国まで飛ぶ…。

「待てよ！　ギター泥棒」

その時、ふいに背中で声がした。

ふり向いた私が思わず「ゲッ！」と声を上げたのは、喪服姿のその男のハゲた頭に、超どでかいタンコブが膨らんでいたからだ。

中年のタンコブ男は自分の額と私を交互に指差して言った。

「さっき君がギターでこさえたコブだよ。いてて」

克也のパパだった。

一度克也のライブにこっそりやって来て、克也がすごく怒って追い返すのを見たことがある。なんでもパパも、その昔ロックバンドをやっていたらしい。

「おじさん、来ないで。天国の克也にギターを渡しに行くの」

私は背中のギターを肩からはずすと、抱きしめてその場にしゃがみ込んだ。

「落っこちるぞ！　早まっちゃいかん。それにそのギターは克也の宝物だったんだ」

「宝物だから渡しに行くの。宝物になれなかった私だから、せめて天国の克也にギターを……」

「ま、待てって、君は、克也の、その、何だ、アレか？　か、彼女ってやつなのか？」

私がうなずくと、「へ〜」って顔をしてから、パパは、フッと白い息を吐いた。「アイツも、そうか、やっぱり俺の息子だ」とつぶやいた。

「だ、だったらなおさらだ。君、君が死んだら克也は哀しむぞ。だからバカなことは…」

「いやっ」と叫んだ勢いで、私の足が雪にすべった。落下するかとあわてたパパが「うわあっ」と悲鳴を上げた。

「わ、わかった！　じゃあ君、こうしよう」

パパが両手を広げた。

「そのギターを君にあげる。そうしたら飛び降りるのをやめるか？」

え!?　これを？　私に？

思いもよらぬ言葉にギターを見つめた。

腕の中でギターケースはあまりに大きく思えた。

「え、だ、だって…これは克也の宝物…」

「自分のために死のうとまでする娘の手に渡るなら、克也も喜ぶはずだ。それで満足して、君が死のうなんてバカなことをやめてくれるなら、持って行っていいよ。だからさあ、もう立ち上がって」

私はそれでも立ち上がらなかった。

「でもそれじゃあ私、盗むみたいだ」

「ギター泥棒が今さら何言ってるんだ」

パパがクスッと笑った。ハゲた中年だけど、こぼれた犬歯の見え方が克也にそっくりだった。『克也も生きてたらこんなハゲ親父になったのかな？』その姿を想像したらおかしくって、つい私も噴き出していた。

笑いは、私を一瞬正気に返した。『そうだ、死んじゃダメだ』克也は、そんなの喜ばない。

すると途端に足指が、しみこんだ雪水の冷たさでジンジン痛み始めた。

「…私…何してたんだろう」

パパがタイミングを見逃さなかった。畳みかけた。

「そうだ死んじゃダメだ。なあ君、そのギター、欲しいだろ⁉」

またパパがギターで私の命を釣った。確かに私はギターを欲しくてたまらなかった。私のボロボロの心を支えうるものがこのギター以外に存在するはずがなかった。

気が付けば私は立ち上がっていた。

崖っぷちから二、三歩離れていた。

パパがホッと胸を撫《な》で下ろした。

雪の中で震えながら彼が言った。

「よかった、思い直してくれたんだな」

「ごめんなさい」

「約束だ、あげよう。ただし、克也の大事なギターだ。あげるかわりに、一つだけ条件がある」

「条件?」

「そのギターを、君は弾けるようになれ」

「え?」

無理だ。こんなでっかくて重いもの、私が弾けるようになれるわけがない。

「無理です」

「ギターは飾るためにあるんじゃない」

「でも…」

「エレキギターはロックを奏でるためにあるんだ。克也はロックを愛していた。ガキだったが、あいつなりに一生懸命やっていた。最初は親父から自立するための、反抗期の手立てで始めたのかもわからないが、結局はすっかりはまってしまったんだ。照れ臭いのか俺をライブハウスから追い払ったりして…でもね、俺はその時嬉《うれ》しかったんだ。君、ロックって何だかわかるかい? 克也や俺のようなバカが、我を忘れて心から楽しむための最高の音楽だ。だから一度でもロックに夢中になった者は、楽しませてもらったそのお礼に、時代や世代が変わっても、その火を消してはいけないんだ。次の世代の同じようにバカなやつらに、ロック! という、この最高のものを受け渡してあげなくちゃならない義務がある。そうやって延々と最高の瞬間が転がり続けていく有り様をロックンロールと呼ぶんだ。そして転がすための道具こそが、ホラ、それ、そいつさ」

私の胸元のギターを指差した。

「克也が俺を追い払ったって、克也がギターを弾いているってことは、バンドマンだった親父の意志を息子が引き継いでくれたってことさ、だから俺は嬉しかった。わかってくれるかい？　この感じ」

「わからない…でも、私はそれをわかりたい」

「理解するために必要な道具も、そいつさ」

「…ね、おじさん、克也のパパなのに、克也と違ってたくさん説明してくれるんだね」

「え？　あはは、説教臭い俺への反抗でアイツはぶっきらぼうなやつになっちまったんだよ…。な、ギター泥棒ちゃん、そのギターを持つからには、俺からアイツへ引き渡したロックを、今度は君が受け継いで欲しいんだ。俺から克也へ継がれたロックンロールを、止めないで欲しいんだ」

「だ、だって、私に弾けるとは思えないよ」

「アイツのために一度は死を決意したほどの君だ。大丈夫、きっと弾けるようになる…やるよ、それ。家にあると泣けちまってしょうがねぇしな。俺だって今、崖《がけ》から飛び降りたい気持ちなんだ。克也の生きていた証《あかし》が、誰かの中で残り続けると思わなければ生きて行けないんだ。いつか、君が弾けるようになったら、こっそりライブを見に行くよ。俺がアイツに引き渡したロックがまだ転がり続けているところを見せてくれ。あ、その時は追い払わないでくれよ」

私は力いっぱいギターケースを抱きしめていた。重みで腕の中からずり落ちようとしても、涙をこらえるに等しい決意で、絶対に落とすまいと抱きしめ続けていた。

「私がギターが弾けるようになったら、克也の気持ちが、わかるようになるんだよね」

「もちろんだ。アイツがそのギターをどれほど宝物に思っていたか、必ずわかるさ」

私がなぜ宝物になれなかったのか、その理由もわかるだろうか。

ともかくその時、私は『何年たっても、このギターを弾けるようになろう』と決めたのだ。私に新たな使命ができた。生きていく意味が生まれた。涙でギターが濡《ぬ》れたら克也はすごく怒るだろうから、その日まで泣くことも禁じようと強く誓った。

「うん、がんばる。おじさん、ありがとう。これ、最高のクリスマスプレゼント」

「こちらこそ、あんなバカ野郎を好きになってくれて本当にありがとうな。そのお礼もかねての贈りものさ。おや、雪が強くなってきた、さぁ、もう帰ろうギター泥棒…。そういや君、なんて名前なんだい？」

「私はトラメ、トラメです」

「トラメ？」

「克也が名付けてくれたアダ名。猫と一緒」

「猫？　どこの？」

「え？　克也のおバーちゃんの家の」

「おふくろの？　実家に猫なんていないよ」

「え？　だっておバーちゃんちの猫に似てるからって克也が……」

あ！　と克也のパパが何かに気付いた。

「トラメちゃん、ギターケースを開けてごらん」

言われるまま、私はケースのジッパーを開けた。ワインレッドのボディーが現れた。中心へ向かうに従ってイエローに変化している。雪景色に鮮やかな赤と黄は、燃えさかるようだった。

「トラメちゃん。これは俺が克也の入学祝いにくれてやった68年製ギブソン・レスポール。かつては俺の宝物だった。ボディーにくっきりと何本も木目が入っているのが見えるだろ？　そして、赤と黄色…レッドサンバーストのカラーに美しく映えるそのラインのことを、ギタリストたちは愛着を持ってこう呼んでいるんだ」

克也のパパが「トラメ」と言った。

「え？」

「虎目。トラメだよ。まるで虎の体の模様のように見えるからさ。トラメちゃん、つまり君は、このレスポールと同じあだ名を付けられていたんだよ。きっと、ギターと同じくらい、克也には君のことが宝物に思えていたんだね」

泣くまいと決めた誓いが脆《もろ》くも崩れた。私は降りしきる雪に虎目が濡れてしまわぬよう、もう一度胸にしっかりと抱きしめた。

虎目はパパから克也に継がれた宝物。そしてあのクリスマスイブから、私の宝物になったのだ。もう何年も昔の話。私は今ギターを奏で、ロックバンドを組んでいる。ライブハウスへ急ぐ私の背中にはいつも、私と同じアダ名のギターがある。

ユーシューカンの桜子さん

桜子が「どこかへ連れて行け」と言って聞かない。

「だってせっかくお気に入りのゴスロリ服で決めたのに、彼氏にドタキャン食らって暇なんだもん！」

歳の離れた妹はフリルやレースがいっぱい付いた服でバタバタと暴れている。

「うるさい！　俺は今から遊就館《ゆうしゅうかん》に行くんだ」

「…ユーシューカン⁇　お兄ちゃんそれ何？」

「ヒラヒラした服着た奴には一生無縁の場所だよ」

その決めつけがムカつくからという理由で、桜子は本当に九段下までついて来てしまった。

二人で靖国《やすくに》神社へ。大鳥居を見上げて「でかっ！」とゴスロリ娘が声をあげた。

「桜子、靖国にはな、戦争で亡くなった人々の霊が祀《まつ》られてるんだ。その敷地内に遊就館はある。戦没者の遺品、武器、戦争に関する資料を展示した施設なんだ」

「…お兄ちゃんって、右翼の人だったっけ？」

「小説のネタ探しだよ。アメリカ軍上陸を想定した日本軍の特攻作戦について…」

「え？　アメリカって、日本と戦争してたの⁇」

…とりあえず入館することにした。

――遊就館のフロアには、第二次大戦に使われた戦闘機がドーンと置かれている。八百円払って館内に入ると、戊辰《ぼしん》戦争に始まり、西南、日清《にっしん》、日露、第二次世界大戦に至るまでの展示物がズラリと並んでいるのだ。武器実物も数多く、ロケット特攻機「桜花一一型」など、男心は燃えまくり！　の豪華さなのだが…、予想以上に桜子にはつまらなかったようだ。「ふわ～」とさっきからアクビばかり。仕方ない。ケーキでも食わせて機嫌《きげん》を取るか。と思ったその時、「ね、これ何？」と桜子が言った。彼女の指差すガラスケースの中には、一体の人形が展示されていた。

「かわい～。花嫁人形だ。でもなんでここに？」

金襴緞子《きんらんどんす》の帯を締めた美しい花嫁人形には、「菊子」と台座に名前が示されていた。

その下の解説文を、僕は妹に要約して説明した。

「あのな、戦死者の多くは15～17歳の少年兵だったんだ。お前と同じくらいだよ。でも彼らは…恋を知ることもなく死んでいったんだ。ドタキャン食らう彼女も出来ないままね。それで哀れに思った少年兵の母親たちは、こうして花嫁人形を、せめて息子の花嫁さんとして靖国神社に奉納《ほうのう》したんだ」

少年兵と人形の哀しい恋のいわれ。こと恋愛問題にだけは敏感な妹である。想うところがあったのだろう。神妙な顔つきとなって、少年兵の母が〝稲夫《いなお》〟という名の亡き息子に宛《あ》てた手紙を読み始めた。

「『若くして天に召されたあなたのために、母は、日本一美しい花嫁の菊子さんを捧《ささ》げます』…って、そんなの、せつな過ぎるよ」

桜子はじっと動かなかった。菊子さんを見つめて微動《びどう》だにしない。僕はその背中を見ながら心でほくそ笑んでいた。『桜子もこれで少しは服と彼氏と甘い物以外に目が行くようになるかな』。兄ちゃんらしいことをしてやったな、ウンウンと自分を褒めていたのだ。

「桜子、そろそろ行こうか」

「やだ」

「…へ？」

「私、帰らない」

「帰らないって…何で？」

「お兄ちゃんトットと帰って。私、残る」

「何言ってんだお前。残ってどうする」

「私、ずっとユーシューカンにいる」

「な？　は？　い、いてどうするってんだよ⁉」

「私…稲夫さんのお嫁さんになるの」

結局、妹は閉館時間までガラスケースの前に立ちつくしていた。思春期特有の突発的ノイローゼみたいなものかと思い、その日はそっとしておくことにした。ところが家に帰っても、桜子はぼうっとしたままだった。夜になると、彼女の部屋から奇妙な独り言が聞こえた。

「…稲夫さん、よろしくお願いいたします」

そう、彼女は確かにつぶやいていた。

数日後、僕は一人で遊就館へ出掛けた。

この間は妹にかまけて自分の勉強が出来なかったからだ。小説の題材に考えていたのは、海軍の伏龍《ふくりゅう》特攻隊だ。爆弾が先に付いた竹槍《たけやり》を持ち、海底で息を潜めて、敵艦の船底爆破を狙う自爆決死隊。おそらく戦史上最も無謀《むぼう》な特攻部隊兵士の、銅像がここに陳列されている。解説文をノートに書き写して「さて帰るか」と別フロアーに歩いていった僕の足がピタリと止まった。信じられない光景があった。

「…え…桜子」

ゴシック&ロリータの服に身を包んだ妹が、また、花嫁人形の入ったガラスケースの前に立ちつくしていたのだ。うつろな視線はどうやら、人形の下に置かれた稲夫少年兵の遺《い》影《えい》に注がれているようだった。桜子の口元が何かブツブツと言っている。それは稲夫さんに語りかけているように見えた。年輩の入場者たちが、明らかに場と不釣り合いな少女を見て、ギョッとした顔で通り過ぎて行った。桜子は気にしていない。稲夫さんの遺影以外に何も目に入っていないからだ。つぶやいている少女の唇には、真っ赤な口紅が塗られていた。

「お…おい桜子」

駆け出そうとしたところを、何者かに後ろから腕をつかまれた。振り返ると長髪の若い男が僕を見て首を振った。

「無闇《むやみ》に近付くもんじゃないですよ」

「離せ！　妹なんだ。ここへ来てから様子が…」

「彼女は呼ばれているんです。霊にね」

「霊だって?!　君は誰だ？」

男が懐から名刺を取り出した。

『心霊探偵・滝田《たきた》六助《ろくすけ》　霊に関するご相談何でも。今なら可愛い動物霊シールをプレゼント中！』

…そう刷られてあった。

「先日別事件でここへ来たところ、妹さんを見かけました。気になってまた来たら、やっぱりあのケースの前に。毎日、閉館までいるようです」

「…まさか、稲夫少年兵の霊に気に入られてしまったのだろうか？　花嫁として!?　でも彼には花嫁人形の菊子さんがいるのに…」

「いくら情のこもった人形でも、やはり人間の代わりは務まりますまい。恋を知ることもなく亡《な》くなった少年兵の霊が、あなたの可愛らしい妹さんを見初めてしまったということでしょう。そして彼の可哀想な心情に同情した優しい妹さんの、少女の心が、霊の呼びかけに感応してしまった。…時空を超えた、恋です」

「滝田くん、一体どうすれば…」

「ふむ、作戦を立てましょう…あ、その前に」

「な、なんだ!?」

「ネコでいいですか？　動物霊シール」

「お兄さん、僕の立てた作戦はこうです。妹さんを引き寄せている稲夫少年兵の霊に、語りかけてみるのです」

「どうやって？　何と？」

「声に出して『妹を離せっ！』と」

それ、わざわざ会議するほどの作戦じゃないじゃん、という言葉を僕はグッとこらえた。

壁越しにチラリと覗《のぞ》けば、相変わらず桜子はガラスケースの中の遺影を覗き込んでいた。ところが不思議なことに気が付いた。花嫁人形の陳列されたその展示室に、妹以外誰も人がいなくなっているのだ。滝田がニヤリと笑った。

「ケルトの秘術です。結界を張りました。さぁ、行きましょうお兄さん！」

滝田が駆け出した。彼に従って桜子のいる部屋へと入った。まだ秋なのに室内は凍るような冷気に包まれていた。「桜子！」と叫ぶが妹は遺影を見つめたまま。その彼女を花嫁人形が見下ろしている。桜子の両脇に僕と滝田が立った。心霊探偵が両手で印を結んだ。

「ゲバラ！　ロドト・ム！　少年兵霊よ、出《いで》よ」

何も起こらなかった。もう一度滝田が何か叫ぼうとした時、僕は彼の背後に煙のようなものが立ち昇るのをこの目で捉《とら》えた。それは徐々に人の形を作りつつあった。頭ができ、両腕ができ、手は、一心に念じ始めた滝田の首を後ろから絞めようとしていた。

「滝田くん危ない！」

桜子の体を抱えながら、滝田を体当たりで突き飛ばした。フロアーに転がり見上げた僕と滝田の目に映った煙状のそれは、いよいよ姿を現した霊体なのであった。

しかし、少年兵ではない。老婆だ。キッと睨《にら》んで老婆の霊が言った。

「余計なことすんじゃないよ。その娘をよこしな。息子に嫁がせるんだから」

空中を浮遊《ふゆう》しながら老婆の霊がこちらへ近づいて来る。恐ろしい形相。僕は腰が抜けて動けない。桜子は忘我《ぼうが》のまま動かない。心霊探偵が僕の前に這《は》って現れた。懐から何かを取り出して霊に突き付けた。

「え〜い、除霊札が目に入ら…あ、しまった」

動物霊シールと間違えてしまったようだ。

老婆霊の手が桜子の肩をつかんだ。僕は引き離そうとするが手応《てごた》えがなくかなわない。霊のもう一方の手も妹の体に巻き付いた。

「この娘、息子の嫁にあの世にもらって行くよ」

桜子を抱えたまま老婆の霊が天井へ昇りつつあった。「よせ！」「返せ！」僕と滝田が怒鳴るがどんどん昇って行ってしまう。もう駄目なのか？　老婆が高笑いを始めた。

するとガラスケースの中から一筋の光がのびて老婆を照射した。

「ギャッ」と叫んだ老婆が桜子の体を思わず手放した。僕の両腕の中に妹の体がドサリと落ちる。背後にいた滝田ごとフロアーに押しつぶす。『今度こそ妹にダイエットを強制させねば』と僕は心で決意した。光は人形の菊子から放たれたものだった。輝きもまた空中で徐々に人間の形を作り始めた。すぐに花嫁の姿と化して空中の老婆に面と向かった。花嫁と老婆はギリギリとお互い一歩も引かぬ視線で睨み合った。何が何やらア然としている僕と滝田の頭上で、二人…いや二体の霊が言い合いを始めた。まずは花嫁が毒づいた。

「お母さん、私を稲夫さんに嫁がせておいて、新しい…しかも私より若い女を連れて来るってどういうことよ！」

「うるさいね菊子。稲夫は私の息子なんだよ。息子の嫁を母親が取り替えて何が悪いってんだい」

「何よ！　だったらアンタが稲夫さんの嫁になりゃいいでしょ！　このマザコン親子！」

「うるさいわね！　人形ごときに言われたかないってのよ」

「何ぃ！　ババー!!　キーッ！　死ねーっ」

「あたしゃ20年前にもう死んでんだよ」

ついに二体が摑《つか》み合いの大ゲンカを始めた。よく見ればその後ろに、実体化した霊がもう一体あった。軍服を着た少年兵である。二人のケンカをどっちに加勢することも出来ず、ただオロオロとしている。その顔に見覚えがあった。僕は遺影の名を叫んでいた。

「稲夫さん！　い、一体どういうことだ!?」

そうか、わかった！　と僕の背中で滝田が叫んだ。心霊探偵は威厳《いげん》を込めて怪異《かいい》の真相を僕に告げた。

「これは…嫁姑《しゆうとめ》問題だ」

――ゴスロリ服で決めた桜子がデートの準備に忙しい。

妹と心霊探偵のお付き合いに今一つ納得のいかない兄としては、半ばむくれて原稿を書いている。その背に桜子が言う。

「別にデートじゃないよ。滝田君、私の霊察知能力に興味あるんだってさ。私も心霊探偵になれるかなぁ。あ、ご飯作ってキッチンに置いといたからね。後でチンして食べなね。じゃ、行ってくるね」

トットと出掛けて行ってしまった。

意外にも、あの日霊大乱闘を鎮めたのは桜子だった。老婆霊が花嫁霊とのケンカに気を取られ、呪縛《じゅばく》を解《と》いたために、桜子はハッと我に帰ったのだ。すぐさま状況を見て取ったのは我が妹ながら大したものだ。……いや、それこそが女の勘ってやつだったのであろう。

母により稲夫少年に捧《ささ》げられた花嫁人形の菊子は、その込められた想いの強さゆえ、やがて人形霊となって、実際、稲夫のよき妻となった。ところが、老いたる母が亡くなった後、霊界で顔を合わせた嫁と姑の、ソリが合わなかったのだ。人間界でもよくあることだが、霊の世界においてさえ嫁姑問題は、一旦《いったん》こじれるとどうにも修復のしようがないものだったのである。間に立つ稲夫がまた若い。霊界では死んだ歳で活動することになるので、まだ少年の彼に妻と母の仲を取りまとめるというのは無理な話だったのだ。

母霊はついに、新たな嫁を現世から獲得する手段を思い付いた。そこに現れたのが桜子だったという訳である。母霊にはフリフリのワンピースがウエディングドレスに見えた。こうしてあやうく霊界嫁姑戦争のエジキとなりかけた桜子であったが、意識を取り戻すなり、バシッ！　とそれぞれに言い放ったものである。

「お母さん、子離れこそが息子さんのためよ！　菊子さん、お母さんとのいさかいよりダンナさんを愛することに集中しなさい！　稲夫くん、…しっかりしなさいっ!!」

少女に痛いところを突かれてさすがの霊三体もシュンと頭を垂れた。そこですかさず滝田が除霊の印を結ぶと、意外にあっけなく彼らは霊の世界へと戻って行った。…後は霊界で三者の相談ということになるのだろう。同じ男として稲夫君には是非頑張《ぜひがんば》って欲しいところである。

こうして桜子はまた元のゴスロリ娘に戻った。ただ、今度のことで彼女の心は大きく変化を遂げたように思える。それは、かつてこの日本に、自分と同じように、若くありながら好きな服を着ることも出来ず、恋をすることも許されず、死ぬことだけが人生の目的であるなどと教え込まれた命が無数にあったということ。そして、散っていったという事実。その累々《るいるい》とした犠牲の上に、今、若い自分が生きているのだという現実。しかし悲劇に埋め尽くされたこの地を、これからどれだけの喜びに変えていくことが出来るかと想う決意。

奥多摩学園心霊事件

私、桜子。みんなは「ユーシューカン事件」のこと覚えてるよね？　難しくて未《いま》だに漢字で書けないんだけどさ。

あれ以来私、自称心霊探偵の滝田六助さんにひっついて歩いているの。霊察知能力を買われての助手見習いってとこ。心霊探偵なんていうとオカルティックなものを想像するけれど、滝田さんの推理は意外と合理的なとこがあるんだ。

「明らかに心霊現象と判明するもの以外は、意外にチャチなトリックが使われていたりするものさ。例えばね…」

——ミニ・クーパーのハンドルを握りながら滝田さんは私に言った。

車は今、山道を登っている。奥多摩《おくたま》にある、全寮制女子学園へと向かっている途中なのだ。

「一九一〇年代、英国のコティングレイで、ある二人の少女によって妖精《ようせい》の写真が撮影された。森の中で妖精は体長15㎝ほどで背中に羽根が生えていた。作家のコナン・ドイルを始め、多くの識者が本物と太鼓判を押したこの写真、実は真っ赤なイカサマだった。どんなトリックかわかるかい、桜子君？」

「え〜と…あ！　さてはＣＧね？」

滝田さんがガクッとこけた。

「百年前だって！　そうじゃない。妖精の挿絵を本から切り抜いて、草にヘアピンで留めて撮っていたのさ」

「そんなことで人ってだまされるものなの？」

「簡単だからこそだまされてしまうんだ。他にも一八四八年、ニューヨーク州のハイズヴィルで、フォックス姉妹事件という有名なイカサマ心霊事件が発生している。これも単純なトリックが…」

「あ、滝田さん待って、学園が見えてきたよ」

大きなカーブを上がった山の上に、私立条理本《じょうりもと》女学園のゴシックな建物があった。

老朽化した校舎にはビッシリと蔦《つた》が生い茂っている。校門の鉄柵にも何か毒々しい花の咲く植物がからみつき、その前で私たちを待ち構えていた年輩女性の険しい表情が、さらに雰囲気を陰鬱《いんうつ》なものにしていた。

「校長の森戸《もりど》です。あなたが滝田さん？　案外若い方なのね」

車から降りた滝田さんにぶしつけな彼女の挨拶《あいさつ》。チロリと私のゴスロリ服を見て「んま、生徒だったら校則違反ね」だって。このオバさん、ヤな感じ。

「校長先生、調査対象の女生徒さんも、この助手くらいの歳とうかがいましたが」

「ええ、17歳。その生徒のために、学校中大騒ぎで大変よ。早くこの幽霊騒ぎを収めてもらわないと進学率が落ちてしまうわ。探偵さん、どんなオカルト事件でも合理的に謎解きをしてくださるそうじゃない」

「ごく少数をのぞいてほとんどの場合は、『幽霊の正体見たり枯れ尾花』ですから」

「じゃあ早いとこ解決して騒動を収めてちょうだい。このうるさくって仕方がない不気味な音を」


木造の板張りの廊下を女校長に連れられて、私たちは校舎の奥へと急いだ。すれ違う女生徒たちは皆、尼僧かと見まごうほどのレトロな制服姿だ。くるぶしまで隠《かく》れるロングスカートをはいている。校長を見るや深々と頭を下げていく。背中ごしに彼女たちのヒソヒソ声が聞こえた。「ね、今の人ちょっとかっこよくない?」「隣の子は彼女? ムカつく」禁欲的な姿でも、興味のあることはやっぱ色恋。私と変わんないみたい。

私たちは校長室に通された。

部屋の隅にはダビデの石膏像《せっこう》。二人の少女が窓の外をながめていた。校長に手招かれおびえた表情でこちらへ歩み来る。

「真理《まり》です」「恵《めぐみ》です」。二人が頭を下げた。

「双子の姉妹よ」と校長が補足する。

「この子たちが霊と交信するって嘘が学校中に広まって、もう大騒ぎなのよ。どんなインチキをしているのか突き止めてちょうだい」

「…ちょっと校長先生、本人たちの前でそんな言い方って…」

ヒステリックな校長のもの言いにカチンと来た私を、滝田さんの手がそっと止めた。姉妹に尋ねた。

「真理ちゃん、恵ちゃん、まあ椅子にかけて。一体、どんな方法で霊と交信を？」

「音です」。髪の長い真理が言った。

「霊が近くに来ると、私たちの周りで妙な音がするんです」。ショートヘアーの恵。

二人とも連日の騒動で疲れ切っているのか、青ざめた顔色だ。

滝田さんがタン！　と校長の机を拳《こぶし》でノックした。

「それ、こんな感じの音だろ？」

なんでわかるの？　という表情の姉妹。

「今も、その音を聞くことが出来るかな？」

滝田さんが聞いた。姉妹がうなずく。と、姉が少し上方を見上げて霊に呼びかけた。

「名なしのおじさん、いたら一つ鳴らして」

タン！　何かを叩《たた》くような音が聞こえた。

校長が「ひっ！」。耳を覆った。

私は、滝田さんがちょっと嬉《うれ》しそうな顔になったのを見逃さなかった。

『あー、これか』といった微笑。

すぐに真面目な表情をつくって、探偵が腕を組んだ。

「ふうん、いわゆるラップ現象ですね。霊が出すと言われる叩音《こうおん》だ。恵ちゃん、その〝名なしのおじさん〟は、病気で死んだ方かな？」

タン、タン、と二つラップ音が鳴った。

「叩音二つは違うという意味みたいなんです」

恵が滝田さんにラップ音を説明した。

「そうか、では殺された方なのですか？」

滝田が尋ねると、タン！　と叩音が一つ鳴った。

「YESはシンプルに一回ということか」

すると傍らの校長がキーッ！　といきり立った。

「でたらめに決まってます。探偵さん、このコたちそんなこと言って、他の生徒たちの気を引こうとしてるのよ！　一体どんなイカサマを使っているの！　おっしゃいなさい」

問いつめられおびえる姉妹の両手には、しかし一切何も握られてはいない。姉が両手で顔を覆った。

「この音を一番止めてもらいたいのは私たち自身なんです！　もう怖くて…」

滝田さんがそっと彼女の肩に手を置いた。

「そのためだ、もう少し、名なしのおじさんに質問をさせてくれ」

そして天井あたりに向かって尋ねた。

「あなたは姉妹の霊媒としての力を利用して、何かを訴えに来たのですね？」

タン！　と強い叩音。

「…例えば、あなたの死体がまだ見つかってないとか？」

タン！　タン！　タン！　タン！

四連打の叩音が鳴ると、女校長のかんしゃくは頂点に達した。

「いい加減におし！　生徒が受験に集中出来ないでしょっ!!」

ウキ〜!!　うなって姉妹につかみかかろうとした。滝田さんが「ちょっと！」と言って止めた。

「ウキ〜！　アンタも探偵だったら早く種を明かしてみなさいよっ！　高い金払ってんだぞこの！」

「いや調査料安かったけど…わかりました。校長、ラップ音の正体を今すぐ明かしましょう」

え!?　と校長。姉妹も顔を見合わせた。

「最初の音を聞いた時にもうわかっていました。いやつい、あまりに古典的な方法なもので、あ〜、これか、と、ちょっと嬉しくなっちゃって…桜子君、姉妹のどちらでもいい、スカートのすそを少したくし上げてくれ」

命じられるまま、私は「ゴメンね」と言いつつ真理のスカートをたくし上げた。

靴を履いた細い足が二本あるだけだ。

手品の種が隠されているようには見えない。

校長も姉妹自身も不思議そうな顔をしている。

滝田さんが上方を見上げて言った。

「名なしのおじさん。アナタは殺人の真相を訴えるために姉妹を利用したのですか?」

タン!

その瞬間、滝田以外の全員が「あっ」と声をあげた。

真理の足首が外側へとわずかにねじれたのだ。叩音が鳴ったのはそれとまったく同時であった…。

「足首や膝《ひざ》の関節を鳴らしてラップ音を出してただなんて、あまりにバカバカしくて思いもよらなかったわ」

女子学園を背にしたミニ・クーパーはゆっくりと元来た道を走り出した。

滝田さんもうなずいた。

「僕だって、百年前にフォックス姉妹事件が起こっていなかったら、まんまとだまされていたよ」

「フォックス姉妹も関節でラップ音を？」

「一八四八年、当時まだ少女の姉妹、マーガレッタとケイトが、霊と叩音で交信できると言い出して大騒ぎになったんだ。彼女たちが、〝名なしのおじさん〟に語りかけると、叩音の回数で幽霊は応《こた》えた。国を挙げての大騒動になってね、識者も巻きこんで心霊主義運動へと発展するまでになった。姉妹は全国をまわって交信を実演。一躍スターさ。ところが…」

「イカサマがバレたのね」

「姉妹の親類が、関節を鳴らしてラップ音を立てていたことをチクったんだ。晩年の二人はアル中になったり、悲惨な死を遂げた」

「それをまねた21世紀のフォックス姉妹は退学処分…校長すごい見幕で怒ってたね」

「今回は桜子君の霊察知能力も出番がなかったな」

「うん…でも…それがね…」

「感じていたんだろ？　霊を」

えっ!?　私はビックリして滝田さんの顔を見た。ニヤッ、と笑っていた。

「わかってたの？　あんまり早く解決しちゃったから、てっきり私の思い過ごしかと…」

「いつだって、僕は君の表情を見逃しやしないよ」

「え」

「真理と恵の表情も重要だった。あの姉妹の顔色は、霊にとりつかれてとまどう人特有のものだ。イカサマをやる女の子たちじゃない。むしろ奇妙だったのは、校長のあせり方のほうさ」

「同感。あの人、滝田さんを言い訳にして、何としても姉妹を学校から追い出そうって思惑が見え見えだったね」

「校長は姉妹を退学にするための言いがかりを求めていた。二人が学校にいては困ることが彼女自身にあるからさ」

「それ、他の生徒の受験のためとは思えないよね」

「もっと個人的な理由だろうね」

「名なしのおじさんが関わってくること？」

「わからない。しかし、一度ホッとした後に人は化けの皮がはがれるものさ。だから僕は一度引き上げてスキを作ってやったのさ。桜子君、すぐ学園に戻るぞ」

ミニ・クーパーのタイヤが悲鳴をあげた。山道でスリップ・ターンを決めた車はいきおいで崖《がけ》から落っこちそうになった。「ヒエ～！　滝田さん！」「ご、ごめんごめん!!」かろうじて助かった。エンジン全開女子学園へと走り出した…。

「ななな、なんとかしてぇ〜〜っ‼」

校長室から絶叫が聞こえた。部屋の前は女生徒たちですごい人だかり。かきわけて私と滝田さんが入っていった。悲鳴の主は校長だった。腰をぬかして座りこんだ彼女の周りを、無数のラップ音がけたたましく乱舞していたのだ。

タン！　タン！　タン！　タタタタン‼

「なんてこと⁉」

私は思わず叫んだ。校長の面前で、床にあおむけで倒れている姉妹の体が奇怪にねじれまがっていたのだ。手首、足首、指の節々、そして首に至るまでが、右に曲がり左に折れ、奇怪なケイレンに震えながら、無限の叩音を鳴らし続けていたのだ。真理、恵がうつろな表情で私に言った。

「助けて…体が勝手に…止まらない…」

滝田さんが私に言った。

「フォックス姉妹はトリックの暴かれた後も霊の仕業を主張したという。そうか、わかったぞ！　確かにラップ音は関節の鳴る音だったがそれは、姉妹が自分たちで鳴らしていたのではない。霊が霊媒体質の真理・恵の体を利用して、彼女たちの意思とは関係なく、関節を鳴らして自己を音で主張していたんだ」

「止めなきゃ、体中の関節が砕けて死んじゃうよ」

「姉妹たちが退学となれば、自分の思いを伝えてくれる媒介がいなくなる。霊はそのことを怒っているんだ。桜子君、名なしのおじさんに言いたいことを言わせてやれ。聞くんだ。まず彼の死体のある場所を」

私は霊気を集中して名なしのおじさんに尋ねた。

『あなたの体は、今どこ？』

タン！　タン!!　タタタン!!　タン！

姉妹の体がいっそうあちこちにねじれまがった。

「わあっ!!　返事は一回でいいって学校で教わったでしょう！」

私がパニクっていると、滝田さんが叫んだ。

「名なしのおじさん！　アンタを殺したのは誰だ？　もし犯人がこの中にいるのなら、三・三・七拍子で鳴らしてくれ」

すると、真理の手がスウッと天に向かってのびた。手首がオイデオイデの要領で折れまがる。そして…

タンタンタン！　タンタンタン！　タンタンタンタンタンタンタン…

少女の手首関節があとわずかで三・三・七拍子を奏でようかというその時、ナイフを持った校長が悪鬼の形相で真理目がけて襲いかかった。

「真理ちゃんあぶない！」

怒鳴って私は胸のオーヴ・ペンダントを思いっきり校長の顔めがけ投げつけてやった。

「ぎゃ！」校長の悲鳴。ゴスロリファッションって意外とケンカに向いているのだ。

顔をおさえて校長はよろめきながらダビデの像に激突した。

すごい音を立てて石膏《せっこう》像が校長室の床に倒れた。

石膏が四方に砕け散った。

ひび割れたダビデの頭から異様なものが覗《のぞ》いていた。

白骨。

小さな頭蓋《ずがいこつ》骨。

滝田さんが言った。

「この中にいたんですね。名なしのおじさん」

姉妹の体のケイレンがピタリと止まった…。

〝名なし〟の正体はおじさんではなかった。

女校長が虐待の末に殺した自分の幼子であったのだ。隠蔽《いんぺい》のために石膏像内へぬりこめられた小さな白骨死体が、懸命の霊力で姉妹の関節を操っていたのかと思うと、私たちはいたたまれない気持ちで女子学園を後にした。

「姉妹を学園から追い出すより、子供の死体をもっと別の遠いとこに隠す方が合理的なのに、なんで校長はダビデ像に塗り込んでまで自分のそばに…」

「桜子君、きっとゆがんだ母性愛だったんだよ。殺しておきながら、ずっとそばに置いてもいたかったんだ。全て合理的に解決出来るわけでないのは、心霊事件も人の心も一緒さ」

ミニ・クーパーは陽の傾きかけた山道を下って行く。木もれ陽が狐色に、心霊探偵の広い肩を染めていた。

英国心霊主義とリリアンの聖衣

心霊写真は言わずもがな、人間という生き物は、とかくこの世のあらゆるもの、その陰影、染み、皺《しわ》、さらには空虚の部分にさえも、人の顔や姿を見る…あるいは見ようとする…。そんな不可思議な本能を持っているようです。

やれ「薄暗い森の木々の中に、死んだ恋人の顔が見えた」だの「流木に戦死者の倒れた姿が浮き出た」だの「トロピカルフィッシュの背に溺死《できし》したモデルの横顔が映った」だのと、まことしやかに語られて尽きることがありません。

グアテマラでは、大雨の降った翌朝、教会の壁にイエス・キリストの顔が染みとなって浮かび上がり、大騒動になったことがあるそうです。もっともこの人面、むしろカントリー歌手ウィリー・ネルソンにそっくりだったという説もあり、人面浮上現象の多くが〝そう見たい〟人の側の、意識認識の問題にこそ原因がある…とは明らかと言えましょう。

そう考えた時、様々なものに浮上した人面の多くが、今はもうこの世にはいない死者のそれであるという現象に、亡《な》き者を想う生者の哀しさ、儚《はかな》さ、さらには執念といった負の感情が、それこそ〝浮かび上がって見える〟と考察するのは決して間違いとは言えないと思うのです。

実際、あの〝リリアンの聖衣〟が騒動となった一九〇〇年代の英国は〝心霊主義の夜明け〟と呼ぶべき時代にあり、第一次大戦によって家族や恋人を失った生者たちが、亡き者の面影を追い求め、あやしげな霊媒や占い師たちに群がって、夜ごと降霊術会の類《たぐい》があちこちで開かれていた、言わば執念の季節であったのです。

リリアンという名の、貧しい出の十六歳の娘が、本当に霊との媒介であったのか、それとも稀代《きたい》のペテン師だったのか、あるいは死者と再会したいと願う生者たちによって祭り上げられた集団ヒステリーの象徴であったのか、一世紀過ぎた今では正体はもうわかりません。ただ彼女は「クラーケンの朝市場で偶然に見付けた」という、複雑な絵柄のワンピースを身に纏《まと》い、両腕をスウッと水平に伸ばし、踵《かかと》でクルリクルリとターンを決めて見せることで、フォックス姉妹やエバ・Cといった、心霊主義を代表する霊媒女性たちと同様の名声を一時期ながら確かに得ました。

舞い踊ることによって彼女の着る〝聖衣〟の絵柄が、さらに複雑に色混じり、交錯し、するとロールシャッハテストの不定形の絵の要領で、見る人によっては様々に、多くは自分のよく知る今は亡き親しき人の〝顔〟に「見えた！」「見える！」と大評判になったのです。

「ああっ！　見えた！　ロジャーだ！　戦死した私の息子だ」
「見えるわ！　ボブ！　おお愛《いと》しい私の恋人！　私を置いて死んでしまったなんて」

判となりました。

亡者の顔が浮かび上がる〝リリアンの聖衣の踊り〟は、たちまち霧の都ロンドン中の評

初めは橋の下で行われていた降霊会は、ふた月もたたぬうちに収容人数一〇〇〇人以上のオペラハウスへとキャパシティをアップ。今で言うなら、いきなりブレイクのヴィジュアル系、といった破竹の勢いでした。

そしてついに、満月の煌々《こうこう》と輝く夜に行われた降霊会に、かのコナン・ドイルもやって来ました。名探偵シャーロック・ホームズの創作者である高名な作家の彼氏は、意外にも熱心な心霊主義者でもあったのです。晩年は同主義の普及に没頭し、彼の妻ジーンも最初こそ半信半疑であったものの、大戦で亡くした弟への想いを募らせるうち、トランス状態によって亡者とペンで交信する「自動書記」の霊能力を得るに至ったと言われています。

「おお！　あれがリリアンの聖衣か」

貴賓席からオペラグラスで覗《のぞ》きながら、思わずコナン・ドイルは感嘆の声を漏らしました。お付きの者が「いかがです？　ドイルさん」とお伺いを立てますが、「ううむ」と唸《うな》るばかり。

「ううむ…いやこれは、ううむ」

リリアンのダンスはそれまで誰も見たことのない不思議な動きをしていました。独楽《こま》のように回転していたかと思うとピタリと止まり、肘《ひじ》を曲げ、膝《ひざ》を折り、客席に向けてシン

メトリーのポーズでカクカクと無機質なモーション。その流麗な動きは、中国でならもしかしたら武術の範疇《はんちゅう》と呼ばれたものかもわかりませんし、回転の美しさなら神智学の儀式とリンクする部分もありました。

「マリア！　大好きだった今は亡きマリア」

「アイリーン！　わずか四つで天国へ行ってしまったアイリーン！」

リリアンの踊りが激しさを増すにつれ、オペラハウスのあちこちから声があがりました。いずれも、聖衣の絵柄に愛しき亡者の顔を見て取った生者たちの、心からの慟哭《どうこく》です。

皆、目にいっぱいの涙をためておりました。

落涙、拭《ぬぐ》おうともせず、志半ばに命尽きた友の名を呼ぶ人もありました。

十八歳の時に画家を志し家を飛び出した男などは、孝行ひとつしてあげられなかった母の顔を聖衣に見て取り、人目もはばからず泣き出しました。

中にはペットのワンちゃんのあどけない顔を見て取り、泣き出した飼い主さんもありました。これが意外にペットを見て取る人は多いらしく、あちこちで異なる犬の名が呼ばれています。リリアンの聖衣に浮かび上がる姿は犬種も多様なようです。

「ううむ！　見事だ、あのリリアンという霊媒。だが、危険だ」

「え？　なんとおっしゃいましたドイルさん」

「娘の踊りを今すぐ止めさせなさい。危ない」

「なぜです？　ごらんください人々のあの感激ぶりを。ここまで大勢の人々を死者と再会させた降霊会が未《いま》だかつてございましたか？　これぞドイルさんの求めていた、霊との交信の証明に他ならないではないですか」

「大勢すぎるのだ。明確すぎるのだ。時期尚早なのだ。亡き者との交信は、それを受け入れる態勢や精神性のまだ伝播《でんぱ》されておらぬ我が国においては、いささか危険な側面があると言える」

「と、おっしゃいますと？」

「死者との再会が生者に与えし感情は、喜びだけではない。そのことをまだ多くの人は理解していない。それが愛する者であればなおいっそう」

「喜び以外に、どんな感情を喚起させるとおっしゃるのですか？」

　コナン・ドイルが答えるより早く、一人の若い男が舞台へ駆け上がると、リリアンに覆いかぶさりました。あわてて袖《そで》から飛び出した警備の者たちによってすぐに取り押さえられましたが、あわれなリリアンは暴漢のナイフの一刺しによって二時間後に絶命してしまいました。

　朱に染まりゆくリリアンの聖衣を見下ろしながら、取り押さえられた若い男はこう叫び続けていたそうです。

「永遠の愛を誓いながら、なぜ他の男のところへと行ってしまったのか!?　答えろ！　教えろ！　マリア！　マリア…。ああ、僕にとっては生涯たった一度の恋だったのに…」

　別の男へ走った元カノの顔を聖衣に見て取った元カレが、八つ当たりにリリアンを刺し殺してしまったという訳です。

「…なるほどドイルさん。喜び以外の感情とは…憎しみ、ですね？」

「愛情も憎しみも一枚のコイン。表裏一体なのだよ。まずいことになった。この事件は英※国心霊主義の発展を一〇〇年遅らせることになるだろう。ううむ、どうしたものか…。よし、そうだ。私は見なかったことにするよ」

「ですが、今日のあなたの来場は、すでに新聞などに発表しております」

「私がリリアンの惨劇を〝見なかった〟と言っているのではない。私が今夜〝見なかった〟のは、聖衣に浮かび上がると言われている死者の顔のことだよ。つまり、リリアンの霊能力はなかった。そう私は〝見た〟ということにするのさ。彼女を心霊主義研究の対象から外すためにね」

　こうして、リリアンと彼女の聖衣は、コナン・ドイルを筆頭とする多くの心霊主義者の陰謀により、英国心霊主義の歴史から抹殺されてしまったのです。学研のオカルト雑誌

※英国心霊主義……一九〇〇年代の英国で、学者や知識人を中心に、霊界の存在・霊との交信を証明、世に広げようとした試み・運動

「ムー」にさえ、リリアンの聖衣が取り上げられることがないのはそのためです。

さて、その後、主を失った聖衣はリリアンの祖母に引き取られました。

「リリアン、おはよう。今日もお前は優しい笑顔だね。紅茶をいれたよ。今日もおばあちゃんと、いろんなお話をしよう…」

祖母の、貧しい小さな部屋の隅で、トルソーに着せられたリリアンの聖衣が、スカートを膨らませてクルリクルリと回転しています。祖母は足踏みミシンを改造して、トルソーを回転させる機械を作ったのです。ひねもす祖母は足踏み回転装置でキコキコと聖衣を着せたトルソーを回して、そうして回転によって色混じり、交錯する絵柄から幻のように浮かび上がるリリアンの笑顔に優しく話しかけるのです。「リリアン、可愛い娘だね」と。

実は、コナン・ドイルは祖母の家を探し出し、一度訪ねてもいます。『リリアンの聖衣の魔力によって、また英国心霊主義の発展が遅れるのを阻止せねば』と、正義感（どこか歪《ゆが》んだ）に燃えたのです。

ところが祖母と〝リリアンの死面〟とののんびりした風景を見て、コナン・ドイルは考えを改めました。

『愛する者との別れ、その悲しみも憎しみもすべてを受け入れ、ただ、かつて生きていた者の存在と、心の内で共にあろうと願う、温かな生者としての自然な意識がここにはある。

この部屋にある限り、リリアンの聖衣が再び悲劇を生むことはないであろう…。私はもう一度、そう、何も…見なかったことにしよう』と。

リリアンの聖衣は祖母の棺に入れられた、と言われています。

一九〇三年、コナン・ドイルはシャーロック・ホームズが活躍する短編小説「踊る人形」を発表しています。リリアンの聖衣事件の翌々年のことです。人形が踊っている絵柄が、実は暗号になっていて、それを解くことによって謎の正体が浮かび上がるという内容です。〝見なかった〟ことにしたドイルですが、もしかしたら何らかの形でリリアンの聖衣を〝見てしまった〟驚きを、残しておきたかったのかもしれませんね。

ゴスロリ専門風俗店の七曲町子

「おい町子《まちこ》、外はよく晴れてるぞ」

と、待機室で店長が私に言った。

客待ちの一時間にもう六回も同じ台詞《せりふ》を聞いている。ドラッグっておっかねーなと思いつつ、一応返事をしてあげたのは、さっき店長が有線をJ-ポップのチャンネルに変えてくれたお礼なのだ。

「そうなんだ。もう夏だね。暑くなるね」

「そうだ。暑いぞ、エルニーニョの影響だ」

「薔薇絵《ばらえ》も留伽美《るかみ》もお店の子みんなへばってとろけちゃうね、夏はゴスロリの敵だよ」

店の冷房もガタがきている。私の二枚重ねのパニエは容赦無くあせもの赤色を肌の上に作っていく。

「おい町子、エルニーニョってどんなやつか知ってるか？　そいつはメキシコのマラカスを両手に持って、台風の中でビバメヒコ!!　と叫んでるんだぜ。あは…あはは、あはははははははははは」

店長もお店を開いたころはもう少しまともだったらしい。ケミカル・ドラッグの悪魔的なひらめきで、新大久保《しんおおくぼ》のはずれにゴスロリ専門風俗店を開いたまではよかったけれど、闇金に手を出して、今では完全に薬に溺《おぼ》れているのだ。パンチパーマの中年男。自称元作詞家。パパと同い歳。

「おい町子、俺、夏が来る前に『ゴスロリ・パイブル』たたむことにしたからよぅ」

「この店つぶれるの⁉　ついに店長夜逃げ？」

「違うよ、軍隊に入ることにしたんだ」

玩《もてあそ》んでいたモデルガンの銃口を私に突き付けて目を見開いたまま笑った。どーでもいいけど瞳孔《どうこう》が開きっ放しだ。

「さっきな『いいとも』見てたらな、タモリから電波で指令を受けちまったんだよ俺」

「……ああ…で、タモさんなんだって？」

「負け犬が入れる軍隊が出来るそうだ。ぜひ俺に入って欲しいってタモリに頼まれた」

この店がつぶれたら、留伽美はこれからどうやって冬に買ったベルベットのスカートのローンを払っていくつもりなんだろうと私は頭の隅で想う。それより、ここがなくなったら私はこの世のどこに隠れていればよいのだ。パパから逃れる唯一のこの場所。

「戦場へ駆り出されたらまず生きては帰れねぇだろうな。でも町子、行くぜー俺はよぅ」

「がんばってね店長、敵は一体誰なの？」

店長は拳銃《けんじゅう》を自分の額に当ててこう言った。

「驚くなよ、敵はな…オッパイ星人だ」

指名が入ったので、それ以上はジャンキーの妄想《もうそう》に付き合わずにすんだ。

待機室を出てプレイルームへ移る。一畳ちょっとしかないベニヤ囲いの私の部屋だ。壁には宗教画が貼ってある。百科事典から引きちぎってきた、確か「最後の晩餐《ばんさん》」とかって絵だった。

蠟燭型《ろうそくがた》のライトに灯《あか》りを入れ、ストップウォッチを40分にセットしたら、マットの上に立って客を待つ。

扉が開いたらメイド服のスカートの両端を指でつまんで、片足をもう一方の足の後ろに持っていって、私はペコリと御挨拶《あいさつ》をしてみせるのだ。

「闇と夢とうたかたの時の中へようこそ」

私の大好きなデュワー君の歌のフレーズだ。

有線を変えてもらったのもデュワー君の曲がかかるかもしれないからだ。それなのにさっきからTUBEなんかが流れていて吐き気がするったらない。夏がどうしたかとか君がどうしたとか熱唱しやがって、あんなやつらはファンもろとも全員オッパイ星人にでもぶち殺されて血みどろになってしまえばいいのに。

「また来ちゃった〜、町子ちゃぁん」

お客さんはアムロ君だった。汗っかきで30過ぎのリーマンだ。子供の頃からゴスロリの女のコとエロいことがしたかったといつも言う。

「僕の頃はゴスロリって言葉はまだなかったけどねぇ、あ〜この店ってマジ最高」

本当に嬉《うれ》しそうに、速攻で私の服を脱がせにかかる。背中で編み編みになっているシャツも、隠しボタンの付いているスカートも、不必要に装飾を施してある私の服は、男の人には目茶苦茶脱がせ難いものであるはずだ。ところが「それが嬉しいんだよ」とアムロ君は言うのだ。プレイ時間の何分の一かを使ってしまうというのに、アムロ君はゼーゼーと肩で息をしながら、もつれた糸を解《ほど》いていくように、私の服を丁寧に脱がしていく。

「手間がかかればかかるほど、肌が見えてきた時に征服欲が満たされちゃうんだよねぇ」

アムロ君の意見は、店長がこのゴスロリ専門風俗店を作ったきっかけと全く同じだった。私たちのおしゃれ意識とはまるで別の所で、男たちはそんなことを考えて生きているらしい。

——そういえばパパも、私がパパを拒む意思表示として、脱がすのに最低でも20分を費やすであろうゴシック&ロリータの洋服に身を固めて帰宅した夜、逆に、嬉しそうな表情を見せた——

「アムロ君、プレイの時間なくなっちゃうから早くシャワー浴びに行こうよ」

「大丈夫、僕、早いから、アハハハ」

『バカ、私の体についたお前の汗を早く一度洗い流してしまいたいんだよ』

とは口にもちろん出さない。

アムロ君と私はバスタオルを一枚巻いて、手を繋《つな》ぎ、シャワー室に向かう。

暗く細い廊下の両側にいくつものプレイルームがあって、扉の向こうから男や女のうめき声や笑い声やひそひそと話し合う声がもれてくる。

時々、あのひそひそは私の陰口を言っているのだと感じる時がある。いるはずもないのに、それがパパの声に聞こえる時もある。「バカ娘」「いらないガキ」「淫乱女《いんらんおんな》」と、ひそひそが特にパパの声に聞こえる日は、私はお客の手をギュッとつかんでシャワー室まで走っていく。「通ります、通ります」って、他の女のコや、客と鉢合わせしないようにかける言葉を何度も何度も繰り返して、体を洗い流してくれる水のところまで闇の中を走っていくのだ。

やっとたどりついたシャワー室のドアを開けると、薔薇絵が甘ロリの純白ワンピのまま水びたしで立っていた。呆然《ぼうぜん》と私を見降ろしている。

「……バラちゃん、あんた一体なにしてんの…」

「あ、町子ちゃんか、暑いから水浴びしてたんだぁ」

元バスケ部で身長180㎝の薔薇絵がのんびりと言った。

バラちゃんのあだ名は「白い巨塔」。自称デザイナーの彼氏と別れてから奇行が目立つようになった。

アムロ君がケタケタと笑い出した。

「あはははは、狂ってるよ。みんないかれてるよ。あはははは、あはははははははは」

アムロ君はその後、私が口でしている間ずっと「機動戦士ガンダムを世界で最初に発表したのは実は自分なのだ」とつぶやき続け、しかも、なかなかいかなかった。

――待機室に戻ってもデュワー君の曲はかからなかった。

「おい町子、お前ユングって知ってるか」

店長は相変わらずモデルガンをいじりながら、訳のわからないことを尋ねてくる。

「知らねェだろ、ユング。昔の心理学者だ。人間の心の奥に、国家も民族も世代さえ超えた、人類共通の心理があるとやつは言ったんだ。へへ、俺インテリだろ？」

私は有線が90年代チャンネルになっていたことに気が付き、あわてて今度こそJ－ポップに変えた。

「で、その心理はな、人類に滅亡の危機が訪れた時、それを超感覚で察知できるようになっているんだ。タモリがまず最初にそれを感知したんだ。で、俺に電波を飛ばしたという訳だ」

またTUBEが流れ始めた。TUBEこそが人類滅亡の元凶だと私は思った。

「もうすぐ百億のオッパイ星人が地球に攻めてくる。巨乳で、美人で、残酷な女たちだ。

血を吸い、皮をはぎ、眼球をえぐりに来る。やつらを倒すには、やつらの巨乳を吸って、乳房の中の生体のエネルギーを吸いつくすしかねーんだ。タモさんは、一心不乱に乳を吸う戦士を見つけ出すべきだと気付いた。だから何十年も真っ昼間のテレビの向こうから俺たちを観察していたんだ。そして俺が、その戦士の一人に選ばれた。死は覚悟だ。覚悟の上なんだ」

TUBE死ね、ついでにサザンも死んでしまえと私は何度も心で思う。

「町子、俺もうすぐ50になるけどよ、一度もこれだってことやったことがねぇんだ。人のためにも、自分のためにも、生きてきてこれを残したって、胸張って言えるものが何もないんだ。負け犬だ。それは認める。でもたとえ負け犬でも、犬死にだけは嫌なんだ。負け犬だからこそ、せめて最後ぐらい、みんなのために、そうやって誇り高く死んでいきたいと思う」

曲が変わった。タイトルは知らない。何か70年代フォークのリメイクだ。オリジナルをパパがよく歌っていた。毎夜私を押さえ付け、殴り、そして辱《はずかし》めた後に、口ずさむこともあった。

私はそういう時はヘッドホンをして、デュワー君の歌を大きな音で聞いた。何度も何度も、朝までデュワー君を聞き続けた。

「町子、俺は、もう行くぜ、入隊するんだ。死を覚悟でオッパイ星人と戦うんだ。誇り高く、負け犬が最後に、みんなのために死んでいくんだ。戦争は異次元で行われるそうだ。現世の肉体では行けない戦場なんだ。今のこの肉体を抜け出し、俺の生命エネルギーだけが異次元の戦場へと向かうことになるんだ」

　デュワー君の歌に「MN」という曲があった。地味で暗い女の子が、ある時ゴシックな服を着て家出するのだ。ヒッチハイクで車を拾い、七つの町を曲がって、憧《あこが》れの美少年と出会い、恋をし、愛され、慈《いつく》しみ合い、それからはずっと二人で、幸福に暮らしていくという詞だ。

「じゃあな、町子、俺は旅立つぜ。あばよ」

　思い切ってチャンネルを変えてみた。「MN」がスピーカーから流れ出し、私が喜びの声を上げたのと同時だった。後ろでパン！　と、乾いた爆発音がした。振り返ると、店長は煙の立ち昇る銃をもったまま、額から血を流して倒れていた。いつの間に入って来たのか水びたしの白い巨塔が銃を指差して「中国人から五万で買ったんだって」と私に教えた。

「バラちゃん」

「何？　町子ちゃん」

「外、外ってさ、本当に晴れているのかなぁ」

「ずっとこん中にいるからわかんない」

「バラちゃん、私、外に出てみる。遠くへ行く。ヒッチハイクして、七つの町を曲がってデュワー君に会いに行く。彼は私を待っているんだ。私にはそれがわかるんだ。彼は私だけに歌っているんだ。私、行かなきゃ、彼に会いに行く。そうして二人で、ずっと幸福に暮らしていくんだ。彼が待ってるって、テレビでタモリが言ってたんだ」

おっかけ屋さん

トンネルを抜けると桜吹雪だった。夜の四方が桃色に染まった。

マチ子は読みさしの川端康成《かわばたやすなり》をバッグに詰めると、運転席のバックミラーに向かって
「もう着いちゃうんだね、おっかけ屋さん」と言った。

剃刀《かみそり》で切ったような薄い目の若いドライバーは、表情を変えずに「良かったじゃないスかお客さん」と鏡の中で答えた。

「うん…だよね、最高のゴールだよね」

フォルクスワーゲンの後部座席でゴスロリ服の少女がつぶやく。自分に言い聞かせるみたいな口調。

二人を乗せた兜虫《かぶとむし》型の中古車は、桜並木の大通りをゆっくり走って行く。

あとわずかで「魔REN'S」の宿泊するホテルへたどり着くところなのだ。

春休みの一週間を使ってマチ子がおっかけ回したロックバンド魔REN'Sのツアー。

その最後の夜に「ホテルへおいで」と憧《あこが》れのギタリスト・DEM君から彼女の携帯にメイルが入ったのだ。考えられる最良のゴール。でも…。

「読み切れなかったよ。文庫本」

喜色満面とは言えぬ表情の原因を、マチ子は課題の感想文が新学期に間に合わないせいにして、本当の理由をはぐらかした。

「半分も読めりゃ偉いス。俺なんか本なんて、悪魔のキューピーの伝記しか読んだ事がない」

「へ？　悪魔のキューピー？　それ何？」

「伝説のヤクザっスよ」

「ヤクザがキューピーってあだ名なの？　嘘、そんなのいる訳がない。おっかけ屋さんの大嘘つき」

ゴスロリ少女がケタケタ笑い出すと、白いベルサーチのジャージを着た青年は慌てた。

「嘘じゃないっス、本当にいるっス！」

少女は腹を抱えて笑った。伝説ヤクザの奇妙なあだ名より、マチ子にからかわれてムキになっている、鏡の中の真面目ぶりが面白くてならなかったからだ。

『でも、これでこの人ともお別れなんだ』

今月で彼女は十八歳になる。受験も控えている。もう、おっかけ屋を雇ってバンドをおいかけ回すような歳ではない事は自覚している。青春最後のバカな旅だったのだ。だから二度と、バックミラーの中でまだ慌てているこのチンピラに会う事もないはずだ…。憧れのギタリストからホテルにお呼ばれされたというのに、マチ子に戸惑いを与えている、その理由の主であるおっかけ屋さんに。

「短い旅だったけど、ありがとね。いきなりマチ子一人だけになっちゃってゴメンね」

おっかけ屋の背にマチ子は語りかけた。

おっかけ屋さん…魔ＲＥＮ’Ｓファン仲間のマヨ、サヨと三人で、バイト代かき集めて雇った無許可タクシー。アイドルから魔ＲＥＮ’Ｓみたいなビジュアル系まで、赤信号ぶっちぎりでツアー追跡してくれる裏ドライバー。

ところが初日でマヨは親に連れ戻された。二日目にサヨは「魔ＲＥＮ’Ｓは変わった！」と怒って車を降りてしまった。ベースのＨＩＴＯが別のおっかけを喰《く》った事を伝え聞いたらしい。

「でも、逆に二人きりになったせいで、おっかけ屋さんから面白い話たくさん聞けてマチ子は楽しかった」

三日目からマチ子とおっかけ屋は二人だけのドライブとなった。

ガタガタと揺れる車の中で数日間、マチ子は眠り、目覚め、冬から春へと移り行く車窓の風景が、遠ざかる様子を飽きもせず眺めていた。

見知らぬ街、初めて訪れる街、行き過ぎる人々。

自分はこの世界の何一つまだ知ってはいないのだと、彼女は驚き、でも、何より興味を持ったのは、おっかけ屋の語る少年刑務所の体験談だった。

○　○　○

三日目に、ＤＥＭ君が別のファンの子と打ち上げ会場に行くのをマチ子は目撃してしまった。深夜の車内で彼女が泣きじゃくっていると、おっかけ屋がハンドルを握りながら、ド演歌調の歌をふいに唄《うた》い出したのだ。

〽乗り越えし先が地獄なら、も一つ乗り越え極楽へ　だけど越されぬこの塀よ…


「しぶ〜い刑務所子守唄も教えてもらったしね」

「忘れて下さい。刑務所の話も、俺の話も。何か聞かせてとお客さんにお願いされたので、俺、それしか知らなくて話したまでっス。空き巣の常習で入ったとこっス。恥っス」

「なんで？　面白かった。どんな外国の話より、マチ子は勉強になった気がするよ。だし…私、子守唄を歌ってもらうなんて、小《ち》っちゃな時以来だった…」

『しかも男の人に』という言葉は、マチ子は心に留《とど》めて言わなかった。

おっかけ屋は正面を見据えたまま何も応《こた》えない。ジャージの肩幅がガッシリと広かった。

マチ子は刑務所子守唄に安心して眠りに落ちた三日目の夜をまた思い出した。

○　○　○

——ふと目覚めると車は停まっていた。ドライブインの駐車場。マチ子は後部座席に横たわったままバックミラーを盗み見た。

煙草の煙をくゆらせながら、おっかけ屋の細い目が遠く遠く、虚空を見つめていた。

『この人のした事は空き巣なんかじゃない』

マチ子は直感した。

『きっともっと恐ろしい事だ。おっかけ屋さんは今、その事を思い出しているんだ』

だが不思議に恐怖も嫌悪も感じなかった。むしろ彼が今思い出しているのであろう罪への悔恨を、少しでもやわらげてあげる事は出来ぬものかと思った。それはギタリストに抱く憧れとはまるで異なる感情だった。なぜこんな想いにかられるのか、自分で理解出来なかった。それでも、もしかしたらこれが「母性」ってやつなのかなと少女は思った。マチ子は闇の中で、寝そべった自分の体がボーッと白く淡い光を放っている事に気が付いた。身を起こさずともその白色の正体を察する事が出来た。ゴスロリ少女の体の上にかけるには、あまりに不釣り合いな、おっかけ屋さんのベルサーチのジャージであろうと。

春とは言えまだまだ寒い夜であった。

「もう、着いちゃうんだね」

マチ子がまた繰り返した。

車は桜並木を抜け、裏道へと入っていった。

おっかけ屋は何も言わない。フォルクスワーゲンが角を曲がる度、カチッ、カチッ、とウインカーの音がやけに大きくマチ子の耳に響いていた。

「本当、マチ子は楽しい旅だった」

「良かったじゃないスか」

「ね、おっかけ屋さんは楽しかった？」

「えっ？」

「どうだった？　おっかけ屋さんはこの旅、楽しいって思ったのかな？」

「あ、いや、はは」

「つまんなかったのかな…」

「いや、あの、仕事っスから」

「あ、だよね。あはは、バカな事聞いたよね」

「あ、いや、すいません」

「謝る事ない…っていうか、なんでマチ子なんかにずっと敬語なわけ？」

「いや、えと、仕事っスから」

逆に今度はマチ子が黙ってしまった。

運転席から見るバックミラーの中で、マチ子が何かをこらえるようにうつむいていた。

『そう、仕事だよね』と少女がつぶやいた。

○　○　○

ついに車はホテルの裏に到着した。

対面にある小さな公園におっかけ屋がワーゲンを停めた。

桜の木が一本、街灯に照らされて、夜の中に桃色の花々は、ちょうどワーゲンの上に覆いかぶさる形で咲いている。

マチ子が車を降りた。旅行バッグを抱えたゴスロリ娘が、車のフロントを回りこんで、運転席側の車外へ立った。

「じゃあ、これで、本当にありがとう」

マチ子がとても丁寧なお辞儀をした。

「いや、こちらこそ」

「私、今からホテルに行くからね」

「はい」

「私、良かったんだよね」

「え？」

「マチ子、ラッキーなんだよね？　憧れのギタリストにお呼ばれされて、最高の幸福《しあわせ》もんなんだよね？　ね、そうなんだよね？」

マチ子は作ったような笑顔で尋ねる。

おっかけ屋は答える事が出来ない。

ゴスロリとベルサーチの狭間《はざま》をワーゲンのウインドウ一枚が隔てている。

先刻に降ったにわか雨がガラスを湿らせていた。

落ちてきた桜の花びらがペタリ、ペタリと、ウインドウに貼り付いては二人の表情を次第に隠して行った。

○　○　○

——コンビニで煙草を買うと、イルミネーションの消えた桜並木を歩きながら、おっかけ屋は、この数日の不思議な旅を、ぼんやりと一人思い返していた。

殺人の罪で刑務所暮らしの青年期を過ごした彼にしてみれば、バンドのおっかけで白タクを雇う彼女達の青春など、とうてい理解出来るものではなかった。懇意にしてもらっている兄貴分の紹介でなければ、三日と勤まらぬ仕事であったろう。ただ『自分は罪人だ』、許されざる人殺しの罪を犯した者だ。そんな自分にも役目を与えてくれる人があるなら、たとえ〝おっかけ屋〟なる訳の分からぬ仕事であっても、全《まっと》うしてみようと彼は思っていたのだ。

とは言え、黄色い声をあげながら、意中のバンドマンを追いかけまわす少女達には心底辟易《へきえき》させられた。一人が親に連れ戻され、二人目が少女らしい嫉妬《しっと》から車を降り、最後の一人が『他のファンにDEM君を取られた』と言って後部座席で泣きじゃくるに至っては、兄貴分に指一本差し出す覚悟でおっかけ屋を途中放棄する覚悟さえ固めた。刑務所子守唄を唄い始めたのも、実はヤケクソの気持ちから口をついての事であったのだ。

〽乗り越えし先が地獄なら、も一つ乗り越え極楽へ　だけど越されぬこの塀よ、ああ刑務所子守唄

ところが「いい歌ね、おっかけ屋さん」。バックミラーに映った少女が微笑んでいた。
「マチ子すっごく嬉《うれ》しい。子守唄を歌ってもらうなんて子供の頃以来だ」
「え？　いや、そんな。下手な歌で申し訳ないっス」

兄貴分から頼まれた仕事だ。徹して、どんなに歳下の客にでも敬語で接しようと決めていた。

「刑務所の子守唄なの？」

「ええ。お客さんの歳くらいの頃にちょっと悪さを」

「そんな人に見えない」

「歌の通りっス。今の自分を乗り越えたら極楽行けるかなと思ったら、今度は越せない塀の中にいた…。バカッス」

「マチ子と一緒だね」

「え？」

「今の自分を乗り越えたい。旅に出て、自分はまだこの世界の何一つ知らない子供だったってマチ子は気付いたんだ。もっと知りたい。その為にDEM君にも会いたい。憧れの人と上手《うま》くいったら、今の自分を乗り越える事が出来るんじゃないかと思ってる。その先に何があるんだろう。地獄？　極楽？　どちらでも乗り越えて知ってみたい」

人殺しとおっかけを一緒にするなと怒鳴りつけるのは簡単な事だった。だがおっかけ屋は刑務所暮らしの中で、誰の悩みもその人間の内では同等の苦しみである事を痛感させられていた。人殺しも空き巣の常習も、結婚サギ師や痴漢に至るまで、乗り越えなければならない今の自分と対峙《たいじ》している苦痛において、何ら変わる事はなかったのだ。ならば、今、泣きはらした顔にやっと微笑みを浮かべたこの少女を、自分を乗り越えようとする人間の累々たる群れの中で、下部に位置する存在と見下すのは、それこそが殺人者の逆説的特権意識なのではないかと彼は思った。だからマチ子に、こう言ってみた。

「その乗り越え、うまくいくといいっスね」

「うん。きっとマチ子はDEM君に誘われて、今の自分を乗り越える」

『少女が目標を成し遂げたなら、もしかしたら自分も、血に汚れた過去を振り切る事の出来ぬ現在の自分を、あるいは乗り越える事が出来るのかもしれない…』

この奇妙な考え方、勝手な投影の気持ちこそ、償い切れぬ罪を負った者の哀れな空想と言えた。だが、夜が更ければ必ず血まみれの回想に苦しめられ、虚空を見つめる事となる殺人者は、もはや空想によってしか贖罪《しょくざい》を求める事が出来なくなっていたのだ。だから、自分を救う為に、乗り越える為に、マチ子をDEMの元に運ぶ為に、この旅を続ける義務があると罪人は自らに課した。

おっかけ屋の自分勝手な思い入れなど知るはずもなく、後部座席で少女はそれからの旅を楽しんだ。

見知らぬ風景に驚き、春の訪れに笑みを浮かべた。屈託なく彼に刑務所での暮らしぶりを尋ねる。悲惨な体験談も少女にはどこか異国の冒険物語にでも聞こえるのか、声をあげてケラケラと笑い転げた。

そうやって笑い飛ばされると、無為に過ごした青春も、人を笑わせるだけの価値くらいはあったのかと思われて、気が付けばおっかけ屋は、いつしか少女と共に声をあげて笑っていた。

行く先々で桜が咲いていていた。

車を停め、満開の桜の下に二人並んで寝転ぶ事もあった。運転疲れのおっかけ屋はいつしか眠りに落ちた。人を殺した日以来初めて、静かなまどろみに意識を遊ばせ目覚めると、少女は桜吹雪の中で空を仰いでいた。両手を天に広げ、花びらの群れの軸になろうとでもいうのか、微笑みながらクルクルといつまでも回転しているのであった。

おっかけ屋は自分の体の上にモコモコとした布地が生き物のように覆いかぶさっている事に気が付いた。身を起こさずともその黒色の正体を察することが出来た。ベルサーチを着た身の上にかけるには明らかに不釣り合いな、マチ子のゴスロリコートであろうと。

春、でもまだまだ寒い午後の出来事。

○　○　○

桜三月。二人を乗せた車は走り続けた。

そろそろ「魔REN'S」のツアーも終わりにさしかかっていた。

なっていた。

しかしその頃には、おっかけ屋は彼女の目標達成を自分の贖罪《しょくざい》と重ね合わせる事もなくなっていた。

マチ子と共に旅を続けているだけで、時に彼は過去の忌まわしき日々から解き放たれるようになっていたからだ。

まったく二人は兄妹のように語り合った。

『そうだ、この娘は本当に妹みたいだ』

バックミラーの中で笑うマチ子を、妹によく似ていると思うようになってもいた。チンピラに犯され自殺した事によって、彼に人を殺す動機を与える事となった妹に。

「ね、おっかけ屋さん。マチ子の事妹みたく思ってるでしょ?」

「え? どうっスかねぇ」

「分かるもん。その細い目が語ってるもん。でもね、ふふ、マチ子、意外に大人なんだよ。なんだったらこの旅の終わりに、仕事抜きでドライブに誘ってくれたっていいんだかんね」

「お客さんが誘って欲しいのはDEM君でしょ」

「それはそれ」

「え〜?」

「あのね、ケーキは別腹ってやつ」

「なんスかそれ」

マチ子が後部座席でケラケラ笑った。

また車は桜並木を走っていた。

道行く人々が皆穏やかな表情を浮かべていた。

おっかけ屋はふと、自分が人を殺したなどは、悪い夢であったのではないかと思い、「じゃあ俺、ケーキの方になるっスよ」と、小さくつぶやいていた。

けれどマチ子に、その声は聞こえていなかった。

その時彼女の携帯に、DEM君からのメイルが入ったからだ。

○　○　○

――ワーゲンの運転席に戻り、おっかけ屋は買ったばかりの煙草に火をつけた。

「良かったんだ。これで」

一人つぶやいた。

今頃マチ子は憧れのDEM君に出会い、今の自分を乗り越え、その先が地獄でも極楽でも、そうやって大人になっていくのだろう。妹とは似ても似つかぬ大人の女へ成長していくのだ。

『元から妹になんて、ちっとも似てはいなかったんだ』

俺も自分自身で、今の俺を乗り越えなくちゃならない。

少女に自分を投影し、彼女の目標達成によって、せめてもの贖罪意識を得ようとした一瞬の気の迷いが、今さら恥ずかしくて仕方なかった。

チッ！　と舌打ちして車のエンジンをかけた。

桜並木をワーゲンが、おっかけ屋一人を乗せて走り出した。

桜吹雪。

桃色の風景の中、スピードを上げながら、おっかけ屋は静かに歌い始めた。

〽乗り越えし先が地獄なら、も一つ乗り越え極楽へ　だけど越されぬ…

「越せるって！　おっかけ屋さん」

わぁっ！　と叫んでおっかけ屋はバックミラーを見上げた。鏡の中にマチ子が笑っていた。

「…お客さん!?　え？　なんでそこに」

「もう仕事は終わったんだからマチ子って呼んで」

「DEM君のところは…」

「行かなかった。引き返してバックシートに隠れてたんだよ。ビックリした?」

「…乗り越え…なかったのか…」

おっかけ屋の問いに、マチ子が言った。

「乗り越えるよ。でもマチ子が乗り越えるのはね、自分自身より、これっ!」

そう言って少女が、助手席の背を乗り越え、おっかけ屋の横に座った。

新宿御苑

ボサ・ノヴァは夏より意外に春の方が心地良いと思う。木々の狭間《はざま》をすり抜けて吹く暖かな風の囁《ささや》きが、ちょうど同じテンポ、リズムに感じられる季節だから。それに三月の神様は悪戯《いたずら》が好きなのだろうか。まるでジョアン・ジルベルトの歌うような、啓示めいたドラマを目の前に出現させてもくれるから。

姪《めい》っ子へのお土産を伊勢丹《いせたん》で買って、地下鉄丸ノ内線入り口から階段を下りていると、上ってくるサラリーマンが、それは驚いた顔をして「奈奈美《ななみ》⁉」と私に声をかけた。

十年ぶりに再会した十八歳の頃の恋人は、もうジョージコックスの白ラバソも履いていなかったし、もちろんモヒカン刈りでもなかった。

「…克也《かつや》⁉　え⁉　君すっかり社会人じゃない？」

「アハハ、見られちったなぁ。元パンクスも今じゃ浄水器の営業だよ。奈奈美は？　あ⁉キャリーバッグにギターを抱えて、これからツアーか？」

「…うん、まぁそんなとこ」

私は嘘をついた。歌をあきらめて、これから盛岡《もりおか》の実家へ帰るとこだよとは、青春の頃を知られている元彼にはとうてい言えなかった。

克也は「そうか、あのさ、もしそんな急いでないならさ、久しぶりだし、ちょっとそこの新宿御苑《ぎょえん》まで花見に行かねぇか？」と微笑んだ。

…桜の開花時期とはいえ、平日の公園はそれほどの人出ではなかった。ロッカーにそれぞれの荷物を預けた二人は、東京の真ん中にあるとはとても思えない広大な緑の園を並んで歩いて行った。春の陽はイギリス風景式庭園に暖かく降りそそぎ、その中ほどにある巨大なユリノキを揺らす風が、ザワザワと無数の葉にリズムを与えて、やはり私の耳にはボサ・ノヴァに聞こえた。

「会社近くてさ、よくサボりにここへ来てるんだよ」

フランス式整形庭園から薔薇《ばら》花壇へと至る。もっぱら克也が一人で喋《しゃべ》っている。mixiの磯釣りファン・コミュニティで知り合ったOLと二年前に結婚したこと、昔モヒカンにしていたことは奥さんには断じて内緒にしていること、浄水器など売れやしないのでサボってばかりいること。そして何度も私を「えらいな」と言った。

「俺なんかフッーになっちまったけどさ、奈奈美はえらいな。ずっと歌ってるんだもんな」

いや、もう疲れちゃったんだ。と私は心の中で応《こた》えた。

実際、それ以外に歌を辞める理由は何もなかった。少女の頃からボサ・ノヴァのシンガーを夢見てきた。一枚だけCDも出した。売れなかった。いろんな人がこれを歌え、それは歌うなと言いだした。従ってしまった。迷った。辛《つら》くなってきた。なんのために始めたのかわからなくなった。誰にも理解されない歌など歌っていても仕方ないと思った。そう、私は認められないことにもう心底疲れ果ててしまったのだ。

そういえば克也と別れた時もそうだったよなと、桜園地へ続く階段を二人で上りながら、私は思い出した。

二人がまだ十八歳で、お金もなくって、新宿御苑を散歩することが、ディズニーランドへ行くくらいの大イベントだったような頃のことだ。

十一年前の秋、西新宿のフリーマーケットで売り場の隣り合わせた私と克也は、お互いの流すラジカセの音楽にケチをつけたことから言葉を交わすようになった。私はボサを流していた。ジョアン・ジルベルトやナラ・レオン。春風のように囁くボーカル。散り際の桜を、もうちょっと枝に止《とど》まらせてあげるような優しい調べ。対して克也のラジカセからはパンク。ピストルズやクラッシュ。満開の桜を一斉に散らせる狂風のリズムだった。

『君さ、ちょっと、うるさいから音絞ってくんない?!』

『そっちこそ、そんなボソボソ口先で喋ってるようなもんを俺は歌とは絶対に認めねぇ!』

出会いはケンカだったのに、服装すらまるで合ってないのに、肩を寄せ合って、腕を絡め合って、ひとっかたまりみたいになって、開園時間から、『蛍の光』が流れ出し、夕陽がイギリス風景式庭園を金色に輝かせ始める閉園時間まで、新宿御苑の中を一日中歩き回るほどに、二人が恋に夢中になるまでたいした時間はかからなかった。


「お、残念。少し時期が早かったな」

辿《たど》り着いた桜園地は、まだ八分咲きだった。

「いいじゃないこれくらいも。綺麗《きれい》だね」

ほどほども悪くはないと大人になればわかる。十八歳の頃の恋はそれを認めることが出来ず、自分を完全に相手に知らしめなければ気がすまなかった。パンクスの彼氏に十八歳の私は自作のボサ・ノヴァを幾度となく歌って聞かせ、でも彼氏の方も十八歳の男の子だったから〝自分を完全に知らしめるため〟に、頑として「いいね」とは言ってくれなかった。

『ダメだね！　歌ってのは怒りをぶちまけるためにあるんだ。恋がどうしたとか口先だけで喋ってるようなもんを歌とは認めねぇって』

『違う。歌はね、聴いたその人にもう一つの新しい生命をもたらすための優しいものなの！』

あの頃の俺ら、青臭い議論をよく戦わせてたよな、若かったんだなアハハ、と八分咲きの桜を見上げながら背広姿の克也が笑った。「だよね」と言いながら私も合わせて笑ってみせたけど、夢破れ故郷へ帰る当日になってさえ、実は今でもその青臭い信念を捨て切れずにいる私の表情は、きっと曇って見えたと思う。

陰りに気付いたのか、克也はとぼけてみせた。

「二人でここで桜見たことなかったよな?」

「あったよ。二人でお花見に来て、それが会った最後だったじゃない」

十八歳の頃にも、私は歌を諦《あきら》めようと思った。今にして思えばちっぽけな挫折《ざせつ》の一つ一つが、まだ少女の私には重たくてならず、ちょうど生活の貧窮からまっとうな仕事を始めようと決めた克也に、ずっと死ぬまでついて行こう、そうやって「歌うことから逃げてしまおう」と思い立ったのだ。

克也が新宿御苑へ桜を見に行こうと提案した十年前のあの日、私は〝逆プロポーズ〟とでも言うべき決意を胸に、告白のタイミングを待った。

二人で赤と黄のしましまのビニールシートを桜園地の一角に敷いて、桜の木にもたれて空を見上げた。

克也が暖かさにウトウトしかけた頃、ふいに強い風が辺りに吹いた。無数の桜を舞い踊らせ、葉はザワザワと音を立てた。

――ああ今、ボサ・ノヴァが流れた、と私は思った。

私は克也を揺り起こし、耳元で囁いた。

愛を。ついて行くって気持ちを。

ところが克也は、曖昧《あいまい》に微笑んでいただけだった。

風はやみ、ボサ・ノヴァは止まった。


「克也があの時の私の告白をすかしたからさ、私は別れを決めたんだよ…。いいけどね、もう大昔の話ね」

私は言いながらクスッと笑ってしまった。なんてあの頃の私は一途《いちず》だったのだろうと思ったからだ。歌にも恋にも。克也はきっと、若き日のホロ苦い思い出を、もう〝時効〟として笑ってくれるだろうと思った。

でも克也は「えっ」と驚いた表情で私に言ったのだ。

「…あれって、告白だったの？」

「え？　そうだよ。意を決しての告白だよ」

「そうか…そう思わなかった」

「え？　じゃ、どう思ったって言うの？」

「歌」

「え？」

「歌を歌っていたんだと思った」

「え？」

「あの時、俺はてっきり、また奈奈美が歌を作って、俺の耳元で、それを聴かせているんだと思っていた。告白だなんて思わなかった」

「え…でも…、歌って…だって克也は私の歌を一度も歌として認めなかったじゃない」

「いや、だからあの時初めて、良い歌だなぁって。なんて素直に気持ちを喋るような歌なんだろうなぁって、初めて…」

「あの時、私はただ素直に気持ちを喋っていただけだよ」

「ああ…それを俺は歌と…。ああ、そうか、そうだったんだ。俺、まどろんでたし、ボサ・ノヴァってホラ、喋ってんだか歌ってんだかよくわかんないし。…アハハ、そうか、なんか、じゃあ間抜けな別れ方したんだな、俺達って」

　克也は頭をかいて、春の陽射《ひざ》しの中でもう一度ごまかすようにアハハと笑ってみせた。

　その時背広のポケットから聞こえてきた携帯の着信音に、大いに慌てたポーズも取って、おどけてもみせた。開いた携帯の待ち受け画面に赤ちゃんの画像があった。

「あ、これ子供。三ヶ月前に生まれてさ。女の子。まだ猿みたいだよ」

十八歳の頃の恋人に、たった一度だけ認めてもらえた私の〝歌〟は、春風のリズムに乗った告白の言葉であったのだ。

認められたことで私は恋人を失い、それからずいぶん長いこと、表現というあまりに厳しい現実の世界の中で、幾度となくつらい思いを経験することとなった。

でもどうだろう。克也の携帯に赤ちゃんの待ち受け画像を見た時、私は、心の中で、新たな変化が生じ始めたことに気がついたのだ。

十年前の告白が恋人の意識に音楽として勘違いされ、彼にその後、新しい生命をもたらす一つのきっかけになったのだと考えるならその勘違いこそが、私がずっと〝歌の役割〟と考えていた行いそのものを果たしたわけであり、私はやっぱり、克也の言った通り、桜の木のざわめきのリズムに乗せて、あの春の日、歌を口ずさんでいたのではなかったのだろうか。

「アハハ。いや、間抜けだな。奈奈美、そん時は勘違いしてごめんな」

またおどけてペコペコと頭を下げる克也に、私は首を振った。

「いいよ、勘違いでも、一度でも君が私の歌を認めてくれたことがあったってわかったんだから。それで、十分だよ」

そして、もしかしたらこの先に、もう一度くらい、私の歌がそんな〝勘違い〟を誰かの心に刻むかもわからないよな、と私はその時ふと思った。勘違いでも、何か、誰かに新しい生命をもたらすような、感動を。

「あ、会社から呼び出しだ。俺もう行くよ」

「うん。会えて嬉《うれ》しかった。あ、私まだちょっとここに残るよ」

「そうか、じゃあな。新幹線乗り遅れんなよ。みんなが待ってんだろ？　奈奈美の歌を」

芝生広場を越えて、克也の背広の背中が遠のいて行った。

私はポケットの中で新幹線のチケットをぎゅっと握りつぶした。

風が吹いてきた。

桜が舞い散り始めた。

木々がざわめく。

無数の葉が私の頭上でリズムを刻み始めた。

ボサ・ノヴァ。

それに乗せて、私は喋るみたいに、低く、静かに、そして再び、歌を歌い始めることにしよう。

今日からは、もう素直に。

ボクがもらわれた日

ボクがもらわれた日、これからご主人様となる若い男の人は、目が真っ赤だった。

「アハハ、晴子《はるこ》の犬アレルギーが移っちまったよ」

おまけに鼻までグズグズすっていた。

「でも大丈夫、台湾の漢方薬を飲めば治るよな。晴子もそれで治ったものな」

そう言ってペットショップの店員さんからボクの体を受け取り、「ロコ」と言って優しく頭をなでてくれた。

名前はもっと前から付けられていた。ご主人様はもう二ヶ月も、週末ごとにこのペットショップを訪れ、ボクを飼うかどうか悩んでいたのだ。決めかねていた原因は、いつも一緒に来る女の人の犬アレルギーだった。真っ赤な目、鼻水をすすりながらケージの中のボクを見つめ、「でも絶対飼いたい！」と言って晴子と呼ばれるその女の人はご主人様を困らせていた。

「ね、涼一《りょういち》いいでしょ？　もう名前も勝手に付けちゃった。この子はね、ロコ！」

台湾の漢方薬が効いたおかげなのだろう。ようやくボクはもらわれることになった。

店員さんがお会計（ボクだって安くはなかったんだぜ！）を済ませてる間、ご主人様はボクに晴子を紹介してくれた。

「ロコ、今日から俺らは家族なんだ。俺と晴子とロコ、いつでも一緒だからな」

きゅっと抱きしめてくれた。ボクは嬉《うれ》しくって、まだ子犬の頃だったし、つい鼻を鳴らして甘えた。生意気なチワワのメスにそれを見られたのは不覚だった。『テリア君は子供ね』と笑われちまった。『うるさいな』やり返したけど、ケンカ仲間だった彼女と別れると思うと少し寂しくなった。チワワだけじゃない。ダックスやパグ、パピヨンにトイ・プードル。ペットショップの子犬仲間たちみんなとお別れなのだ、グッときた。人間みたいに涙で赤い目になりそうだった。お店を出る時みんなに『さよなら』と吠《ほ》えた。みんなは『またいつか、どこかで』と返してくれた。

店を出ると外は夏だった。人いきれの街の匂い。けたたましい物音。恐くなってご主人様の腕にしがみついた。そのまままいつしか眠っていた。まどろみに海の匂いを嗅《か》いだ。

○　○　○

それからご主人様と晴子とボクは、二人と一匹の暮らしを始めた。

晴子から移ったというご主人様の犬アレルギーは、最初なかなか治らなかった。涙と鼻水でグズグズになりながら、それでも懸命に世話をしてくれた。

「ねぇ晴子、トイレをしつける時は叱っちゃダメなのかな…って言うか手遅れかよ！」

今じゃドッグコンテストに自薦したいくらいお行儀の良いボクだけど、子犬の頃はその…粗相し放題の困り犬で、ご主人様の仕事のものの上にやらかしてしまったことも二度三度…いやもっとだ。

でも、ご主人様は根気よくボクをしつけてくれた。いっつも一緒にいてくれた。毎日一日中かまってくれたんだ。時々、ご主人様のお友達が訪ねてきて、日増しにご主人様の犬アレルギーが改善していく様子を喜んでくれた。きっと台湾の漢方薬が効いてきたんだ！

「だがな涼一、アレはもう、よせよ」

去り際にお友達がご主人様にそう言った。寂しそうな顔をしていた。その人は、ボクが晴子とボールで遊ぶ様子を指差していた。

○　○　○

三年経った。

ボクはすっかり大人だ。体も大きくなったし、毛並だって色艶《いろつや》がいい。ご主人様と晴子と浜辺へお散歩に行くと、散歩に連れられて来たメス犬達が色目を使ってきて困っちまう程だ。ウフフ。

「おい晴子、ロコったらオレと一緒でモテモテだよな。アハハ」

ご主人様の犬アレルギーもすっかり治った。そろそろ日の暮れかかった浜辺でリードを離すと、晴子の足下を駆け回り始めたボクを見て、それは嬉しそうに笑った。

『ロコ⁈　あなたロコじゃない⁈』

いきなり呼びかけられてボクは振り向いた。チワワだ。メイドみたいな服を着た女の人に連れられている。

『…あ、キミは「ペットわんわん王国」で一緒だった…』

『ロコ、やっと会えたのね！　私今、ピンキーって名前よ』

再会したチワワもメイドさんみたいな服を着せられていた。大人になったピンキーは…なんだか綺麗《きれい》になっていてドキッとしてしまった。

『ロコ、嬉しいわ。元気にしていて？』

『うん、久しぶり。そうだピンキー、ボクの家族を紹介するよ。ご主人様の涼一、そしてこちらは恋人の晴子』

ピンキーはご主人様に『うふ、ピンキーよ』と可愛く挨拶《あいさつ》をした。でも、晴子に対してはじっと見つめただけだった。女同士の牽制《けんせい》とボクは理解した。

ボクらの頭上では飼い主同士が挨拶を始めた。

「テリアちゃんですか？　良い子ですね」

「いやぁバカ犬で。三歳になります」

「こちらの方ですか？」

「え？　そうです。あの…キミは？」

小型犬を飼う苦労はどこも一緒なんだろう。すぐに意気投合したようで、夕陽に輝く海をバックに身振り手振りを交えて話し込んでいた。

『私のご主人様は、洋服をデザインしているの。ゴスロリってやつよ』とピンキーがボクに教えた。

『最近こっちへ越して来たの。これからしょっちゅうロコに会えるのね。夢みたいだわ』

『ボクも嬉しいよ。どうしていた？』

『うん、そうね。いろいろあったわ。やっと落ち着いたって感じ。実はご主人様の恋人が二年前に亡くなられてね。ピンキーが毎日なぐさめたわ。やっと落ち着いて、新しい場所での新生活って訳よ』

ピンキーが慈しむような目でご主人様をチラッと見上げた。

『そうなのか…。台湾の漢方薬が何にでも効くそうだから薦めてあげたらいいよ』

『ずいぶん優しい犬になったのね、ロコ。毛並もイカす…』

『よ、よせやい。お尻《しり》を嗅ぐなって。それよりご主人様がボールを持って来てるんだ。一緒に骨のガムを賭《か》けて競争でも…』

言いかけた時、頭上で突然「行くよ！」と女の人が声を荒らげた。

ピンキーのリードが強く引かれた。同時にボクもリードで思いっきり引っ張られた。ボクとピンキーはお互いを求めて吠え合った。だけどご主人様たちは許さなかった。

「ピンキー！　もうこのテリアと遊んじゃダメっ」

「晴子帰ろう！　ロコ！　さっさと来い」

『ピンキー！』『ロコ！』

再び引き離されたボクたちは、夕暮れの浜辺でいつまでも互いの名を叫び続けた。それでもご主人様はズルズルとボクを引きずって離さなかった。『一体どうしたの?!　何があったの？』ボクはご主人様に吠え立てた。するとご主人様は見たこともない険しい表情で言った。

「晴子がいないって言うんだ。今の女、晴子なんて人は影も形もないじゃないかってオレに言うんだ」

○　○　○

その夜、ご主人様の犬アレルギーが再発した。

あふれる熱い涙をぬぐっても止まる様子はなかった。膝《ひざ》の上に座ったボクに、涙は雨の様に降り注いだ。

真っ赤な目のご主人様は、暗い部屋の中で明け方までテレビのモニターを見つめていた。何度も何度も同じ映像が繰り返し流れていた。

それは、ビデオに撮影された三年前の晴子。…明け方の夏の浜辺を、晴子が笑いながら駆けてくる。「ロコ！　ロコ！」と叫んでは、手に持ったリードを引き、海の方へ駆け出した犬をあわてて引き戻す。今度は逆に自分から波打ち際に入って行って「おいで!!」と犬を手招く。そうして彼女の胸元へ走って来た犬を、手を広げ、受け止めて、強く抱きしめる。

しかし晴子の腕は、犬ではなく自分自身を抱くこととなった。両腕で自分の体をホールドした彼女は、カメラの方を向いて、「涼一、私ってバカみたい？」と尋ねた。

「空気犬《くうきいぬ》と遊んでいるの。私バカみたい？」

「みたいじゃなくて、まるっきりバカ」

とご主人様の声が聞こえた。目に見えぬ犬と遊んでいる恋人を録《と》ってあげていたのだ。

「だってどうしても欲しいんだもん。ロコが」

「晴子の犬アレルギーが治らなきゃ無理さ」

「も〜くやしい。台湾の漢方薬を飲んでるもん、いつか治るわ。でもそれまでは仕方ないから、ねぇ涼、二人でこのコを飼おうよ」

そう言って晴子は、再びリードを持った。リードも画面に映っていなかった。その先の犬はもちろん。空気リードに空気犬を繋《つな》いだ晴子が、カメラを持ったご主人様に向かって「ホラ、離すよ。涼、空気犬がそっちに駆けて行くよ」と笑った。本当にリードを手放したようだった。「お！　来たな空気犬！」とご主人様の声がして、画面は小さな貝殻や砂の一粒一粒さえ透かして見せる、透明な美しい波打ち際の水をいっぱいに映し出した。

○　○　○

再発からしばらく経ってさえ、ご主人様の犬アレルギーは治らなかった。むしろ悪化。いつも目に涙を浮かべながら、もうチワワの飼い主と会いたくなかったのだろう、散歩は朝に変更された。

ご主人様はトボトボと背を丸めて浜辺を歩き、ボール遊びもあまり相手をしてくれなくなった。〝晴子〟と遊ぶことも喜ばなかった。彼女との〝遊び方〟を教えてくれたのはご主人様だったというのに、ボクが晴子の〝足下〟に駆け寄ろうとすると「ロコ、楽しいか…」とぶっきらぼうにつぶやくのだった。

だから散歩はなんともさえないものになってしまった。

犬にとってご主人様の悲しみは自分の悲しみだ。ボクはなんとかしてまた元気になってもらいたかった。

その方法はもう考えてある。

ある朝、散歩の途中、ボクは〝匂い〟を鼻に感じると、ご主人様がボーッと江《え》の島《しま》あたりを眺めているスキをついて、一気に浜辺を駆け出したのだ。

「あ！　ロコ、こらどこ行く!!」

ご主人様につかまるようなボクじゃない。

全速力でアッという間に引き離した。

ジャンプ、カーブ、海の家の裏へと隠れた。

思った通りそこには〝匂い〟の主が、おしゃまな服を着て待ち構えていた。

『ピンキー！　やっぱりキミか』

『人間様の考えることなんて知れたモノだわ。私のご主人様も、涼一さんに会いたくなくてお散歩を朝に変えたの。ロコんとこもでしょ？』

『そうさ。ウチのご主人様はキミのご主人様…えっと…』

『ルナよ』

『ルナさんに〝晴子〟のことを指摘されてしょげきってしまった。晴子は存在しないってことを…。確かに三年前、ご主人様がボクをもらう直前、晴子は事故で死んでいるんだ』

『恋人を亡くした同じ境遇の人間同士が、運命的に出会ったということね。気が合った訳だわ』

『運命だ。…二人は瞬時に互いを理解した。だから出会ったばかりだというのに、ご主人様はルナさんに〝晴子〟のことを話して聞かせたんだ』

『現実には死んでいる晴子さんを、まだ現実に存在するものとしていつも相手するよう、ロコにしつけてたってことを』

『うん。ボクは小さい頃からそう育てられてきた。見えない晴子の足下でたわむれ、見えない彼女に頭をなでられたフリをする。甘えて腹を向け、本当はいない彼女にあやされた上、ボール遊びまで！　そのアイデアをご主人様に与えたのは、生前の晴子が飼っていた空気犬さ』

『つまりロコは、涼一さんの為に〝空気晴子〟と遊んであげているフリを三年間していたのね』

『うん、だって、ご主人様はボクが気遣ってあげないと、ダメになっちまうからね』

『ウチもそう。まったく人間って手が焼けるわよね』

ハ〜、とチワワがため息をついた。

『ロコ、ごめんね。ウチの人、いきなり涼一さんを怒ってしまって』

『〝空気晴子〟は、きっとルナさんにとっての、触れられたくない心の傷を刺激してしまう存在だったのさ。どうしたって自分の境遇とダブるもの』

『涼一さんも、この人ならわかってもらえると思ってついしゃべったのに、拒絶されて、全《すべ》てを否定されたように感じられて、それで逆切れしてしまったのね』

『そしてまた涙に暮れる毎日さ。もう犬アレルギーなんて言葉じゃごまかせない。毎日、晴子と空気犬のビデオを見て泣いているんだ』

『ねぇ、ロコ。そろそろ空気晴子をやめさせないと、涼一さんは本当にダメになるわよ』

『うん、わかってる。もうそろそろ、現実に生きなくてはってボクも思ってた』

『しょげきった人間様を復活させる方法が二つだけあるわ。一つはオシャレ。…でも涼一さんには向いていなさそうだから…もう一つの方を。…恋よ。ねぇ、今ウチの人、空いてるわよ』

『でも…、当人同士のことだから』

『恋のチャンスは逃しちゃダメ。一生は十五年。さかりはそう何度も来ちゃくれないわ』

『そりゃ犬の話だろ』

『でもね、心配しなくても大丈夫みたいよ。ふふ、ロコ、ご覧なさいアレを』

海の家の陰から、ボク達を探しているご主人様とルナさんの姿が見えた。

怒鳴り合い、ケンカをしながら、けれど転がるように白い浜辺を走り回っている二人の姿は、ちょうど二匹の小型犬がじゃれあっているように見えた。

涼一とルナが探しているのは犬。だけど、もしかしたらそれは、未来とか、希望、そして幸福といったものに置き換えることも出来るのではないかとボクは思った。

『ね？　ロコ、あの二人とってもお似合い。きっと恋に落ちて、悲しい過去を二人で美しい思い出に変えてみせるわ。ロコ、晴子は今どこにいるかしら？』

『うん、二人の後ろで微笑んでいる。少し寂しそうだけど、心を決めたように、今、手を振ろうとしている。ボクにはそう見える』

『えらいわ晴子さん。男の人の〝しつけ〟には我慢も必要ってわかっているのね』

過去というリードから現実へとご主人様を解き放つ為に、ボクもまた、空気晴子にそろそろ別れを告げなければならないと思った。

海の方に向かって『さようなら』と吠えた。

『またいつか、どこかで』

晴子は応えて、夏の空に、本当に空気と化して消えたようにボクには見えた。

すると横でピンキーが『ねぇ、ロコ』と言った。

『何？』

『私も空いてるわよ』

『えっ？』

ピンキーが小さなお尻をボクに向かってチョコンと突き出した。

ボクらの名を、バラバラに呼ぶ男女の声が近付いて来る。もうすぐその声が重なり合い、まったく同じ言葉を口にするはずだ。

「こらバカ犬！　あんた達そんなとこで何さかってんの⁈」

二度寝姫とモカ

「ご機嫌いかが二度寝姫？」

隣のおばあちゃんにそう聞かれた私は、いつものように寝ぼけながら「おはよ」と答えた。

逆に尋ねた。

「おばあちゃん、モカは？」

「散歩に行ってるわ。お天気がいいもの」

窓ごしにおばあちゃんが微笑んだ。

彼女は私の家のすぐ隣に住んでいる。おじいさんは亡《な》くなっていて、モカという三毛のオスネコと暮らしている。土曜日の朝、一度目覚めた私が自室で、ベッドサイドの窓を開ける。すると、モカを傍《かたわ》らに、コポコポとコーヒーを入れているおばあちゃんの姿が、隣家の窓ごしにいつも見える。

「いい香り。翔子《しょうこ》ね、このコーヒーの香りをかぐと、ああ今日は学校ないんだなって幸福な気持ちになるんだ〜」

「幸福な気持ちのまま昼までもう一度眠るといいよ。二度寝姫」

おばあちゃんは私を二度寝姫と呼ぶ。

毎土曜日、窓ごしに朝の挨拶《あいさつ》を交わした後、私が必ずまた眠ってしまうからだ。

二度寝から目覚めたある土曜の昼過ぎ、もう一度『おはよ』と挨拶をした私を見て、おばあちゃんは『ふふ、二度寝姫だね』とモカを抱きながら嬉《うれ》しそうに命名をしてくれたのだ。亡くなったダンナさんは童話作家だったそうだ。

「うん、寝る。眠くてやってらんないんだ」

「若い娘と猫は眠るのがお仕事だって、死んだじーさんが言ってたねぇ。翔子ちゃんがもう一度起きる頃には、モカも帰って来てるんじゃないかしら」

『あいつは帰って来なくていいよ』とノドまで出かかった言葉をあわてて私はおさえた。

おばあちゃんは大好きだけど、モカはちょっと憎たらしいからだ。いつだって窓ごしに私をにらみつけるし、たまに私の部屋に勝手に入って来やがる。一度など、買ったばかりでベッドの上に広げておいた白いレースがたくさん付いたスカートに、点々猫足マークを付けていきやがった。モカむかつく～（怒）。アレ高かったんだからなっ（泣）。

「翔子ちゃん何怖い顔してんだい？」

「え!? あ！ な、なんでもないよ、アハハ」

「そ、じゃ、お休み、二度寝姫」

おばあちゃんにおやすみを言って、私は今日も二度寝を決めこんだ。

すぐにウトウトと眠くなった。

学校のない週末の朝の二度寝は、私にとってとても大事な時間だ。勉強、友達、親、すべてのややこしいことから解放されて、私はたった一人でまどろみに包まれるのだ。頭から毛布をスッポリとかぶれば、そこは私だけのイメージの宇宙なのだ。私はそこで、浮遊《ふゆう》する。この宇宙には私の大好きなものしか存在していない。綺麗《きれい》な色、心地よい手触り、甘い香り、着たい服、お気に入りの音楽、大好きな人…大好きになってほしい人…二組の森園《もりぞの》君…私は半分眠った意識の中で、夢見るような毛布のぬくもりを、こっそり森園君の体温と思いながら、優しくその抱擁《ほうよう》を受け入れてみるのだ。

これは誰にも絶対に言えない私だけの儀式。

ヌクヌクしてドキドキしてとっても幸福だ。

私はムニャムニャ言いながら抱擁の中でやすらかな寝返りを打った。

「ムニャ…森園く…ん？　え⁉　ギャ〜ッ‼」

私は飛び起きた。

ベッドに誰かいる。

いつの間にか私の横に人が寝ていたのだ。

何⁉　痴漢⁉　呪怨《じゅおん》⁉　て言うか男⁉

身長１８０cmはあろうかという細身の男が背を向けて添い寝してる…え、まさか…

「…も、森園君…?」

「なわけねーだろ、俺だよ翔子」

振り向いた。私と同い歳ぐらいの男の子だ。全然知らないよこんなやつ。ギョロリとした瞳《ひとみ》の…こんな時にアレだけど…けっこう可愛い顔をした少年だ。

「誰よ⁉ 大声出すぞギャアアア…」

「待て! 俺だよ俺! モカ、隣の猫のモカ」

「へ? モ、モカ?」

添い寝男が自分をモカと名乗ったのだ。

私は寝ボケているのだろうか? わけわからん状態の私に自称モカ男は言った。

「人間に変身してっけど、モカだってば。俺がモカしか知らない翔子の情報を言ったら信じるか?」

「え? な、何よそれ」

「お前は俺のご主人様に内緒でモカを虐待している。窓から〝パイの実〟をモカにぶつけては『ふん! ざまあみろ!』と捨て台詞《ぜりふ》を…」

「あ、あれはモカが私の洋服に点々猫足マークを付けたからお仕置きを…え⁈ なんでパイの実のこと知ってんのよ⁈」

「だからモカだからだよ」

「モカは猫でしょ!」

「だから人間に変身してるの! 俺、今朝散歩してたら車に轢《ひ》かれて死んじまってさ〜。猫は死ぬとな、あの世へ行くまでの半日の間だけ、好きにしていいことになってるんだ。願いが一つだけ叶《かな》えられる。俺、一度人間になってみたくてさぁ。猫の神様にたのんで、で、今この姿になってるわけ。どう? ちょいビジュアル系なルックスだろ? バンドやれっかなぁ?」

「そんなんじゃ高田馬場《たかだのばば》エリアの昼の部だって無理よ! 夢…そう…これは二度寝の夢ね…最近私疲れてたから…ね、じゃあ仮にアンタがモカだとして、何で私のベッドに入ってくんのよ」

「彼女になって欲しいんだ」

「………へ?」

するとモカは「恋人になってくれ」と言い直した。

え、恋人? 猫が?

「…な、何言ってんのアンタ? もしかして発情期?」

「あいにく去勢済みでね。近所のペルシャ猫をはらませちったのが失敗だったな…。おい翔子、彼氏のフリをさせてくれたらそれでいいんだ」

「彼氏のフリ? 何よそれ」

モカ（？）はベッドの上に両ひざを立てて座ると、手の甲で自分のアゴあたりをかいた。そして説明を始めた。

「…俺いきなり死んじまったもんだからパニクって、人間になりたいなんて神様に頼んだけど、大失敗だ。本当の願いはそんなことじゃなかったんだ。最後にもう一度、御主人様に会いに行きたいと願うべきだった。抱かれなくったっていい、そばに行って、彼女がコポコポとコーヒーを入れる姿を、ただじっと、もう一度だけながめることが出来たなら、俺は安心して猫天国に行ける。多くの猫は、そうやって実はもう死んでいるのに、普段通りのおまけの半日を飼い主と過ごして、天に召されて行ってるものなんだ。でも、俺はもう、この姿だ。ノコノコ訪ねて行くわけにもいかない。じっと通りからのぞいていたら不審少年だ。そこで思い付いた。もう一度だけ彼女の姿を近くからじっと見つめる方法があるって…。お前の彼氏のフリをして、この窓ごしから、あの人がコーヒーを入れる姿を見るんだ。どうだい？　この方法ならバッチリだろ？」

「…バッチリって、そんな勝手に」

「頼む。お礼ならあるぞ。受け取れ！」

モカが懐から棒のような物を取り出して、私に渡した。かつおぶしだった。しかも一本丸々。

「…いらない。翔子すごくこれ、いらない」

「ん？　削ってしゃぶり易くしてやろうか？」

「それもいらない。私が欲しいのはヴィヴィアンのオーヴとかであって、かつおぶしなんてま〜ったく欲しくないの」

「オーヴ？　なんだそれ？」

「土星の形をしたペンダント。アンタに説明しても猫にヴィヴィアンってとこね」

「かつおぶしの方がうまいだろうに。そんなものが欲しいだなんて、やっぱり人間なんかになるんじゃ…」

「あっ！　おばあちゃん」

私はハッ！　とした。

窓ごしにじっと、おばあちゃんが驚いた表情で私とモカを見つめていたからだ。

私はカーテンを閉めてなかった。もうダイレクトに目撃されていた。

横でモカが身を硬くするのがわかった。

私は窓を開けた。

おばあちゃんも窓を開けた。

彼女がいたずらっぽい微笑みを浮かべて私に言った。

「彼氏かい？　パパやママには、内緒にしてあげるね」

「あ、ありがとう…あ、でも、おばあちゃん、このコはね」

「二度寝王子だろ？」

「え？」

「二度寝姫の彼氏だもの、二度寝王子」

思わず、私は笑ってしまった。

「アハハ…うん…そう、このコは二度寝王子。二度寝の間にだけ現れる夢の男の子よ」

私が言うと、ベッドの横でモカが「ちゃんと礼はするぞ」と小さくつぶやいた。

「翔子ちゃんももうお歳頃だものね。ウフフ、わかってるよ。今じゃ信じられない話だけど、おばあちゃんも大昔は恋多き少女だったからね、じーさんなんか木の蔦《つた》をよじ登って私の部屋へ…。じゃあもう年寄りはお邪魔だから窓を閉めるよ。何も見なかったことに…」

「あ、待っておばあちゃん、まだ閉めないで」

「何だい？」

「コーヒーを入れて」

「え？」

「このコが…二度寝王子がね、おばあちゃんの入れるコーヒーの香りについて話したら、ぜひそれを嗅《か》いでみたいって言うの」

「…王子様は変なことを言うんだねぇ」

おばあちゃんがモカをじっと見た。

モカは何も喋《しゃべ》ることが出来ないみたいに、黙って主人を見つめ返した。

するとおばあちゃんが「わかったよ」と言って、コーヒーを入れ始めた。

コポコポと、おばあちゃんの使い古したサイフォン式のコーヒーメイカーが小気味よい音を立て始めた。

すぐに、コーヒーの香りが隣の家から漂い始めた。

私にとっては土曜日の香り、モカにとっては飼い主との思い出の匂い。

ほのかに立ち昇る白い湯気の中に、モカの愛した老婆がたたずんでいた。

その姿を、私の横でモカがじっと見つめている。

ふと、おばあちゃんが顔を上げた。

こちらを見て、微笑み、モカに向かってこう言った。

「いい香りだろ、モカ」

モカが横で「ニャ…」とつぶやいた。

おばあちゃんが続けて言った。

「お前、モカだろ? おばあちゃんがお前をわからないわけないじゃないか。じっと目を見ていたら、モカだと気が付いたよ。人間の姿で会いに来たってことは、そうかい…お前、死んじゃったんだね。死んだ猫が人の姿をして、天に召される前に会いに来るって、亡くなったじーさんがね、童話に書いてたんだ。ちっとも売れない本だったけれど、私はその話を本当のことと信じていたからね。モカ、ありがとう、今まで楽しかったよ。十分に、私は愛をもらったから、泣いちゃいけないね。メソメソせずに、お前を天国へ送ってあげなければね、バケネコになっちまったら、三丁目のペルシャも悲しむだろうしね。モカ、モカ、いい香りだろ、お前の好きだったコーヒーの匂いだよ。さ、この香りと一緒に、ゆっくり、空に昇っていくといいよ…」

——泣き崩れたモカの背を優しく叩《たた》きながら添い寝するうちに、私はいつの間にかまた眠ってしまった。

二度寝から目覚めると、モカはもういなかった。

かすかに、コーヒーの香りが鼻をくすぐるだけだった。

半身を起こし、窓の外を見た。

隣家の窓におばあちゃんの姿もなかった。

全ては、二度寝の夢だったのではないかとも思う。

恋人にせよ、ペットにせよ、姿が変わろうと、愛する対象だと見つめたなら気付く。私は、そんな理想の関係に恋焦がれるまだ幼稚な娘だから、こんな白昼夢を見てしまったのかなと思う。私は、二度寝姫は、いつか出会うであろう二度寝の王子様と、そんな関係性を作り上げることが出来たらいいのになと、けだるい土曜の昼に考えた。

ま、でも、現実はそう素敵に行くはずはない。きっと愛は、まどろみのように不確かなもので、そんな強いものじゃないのだろう。だって森園君なんか、町でバッタリ会って「やあ」って私が死ぬ思いで声かけた時だって、「え？　誰だっけ？」ってわからなかったくらいなんだからな…って、それ立場が全然違うって…。とにかく、二度寝姫ったら変な夢を見たな。


自分で自分につっこみながらベッドから出ようとすると、コロリと何か丸いものが床にころがった。拾い上げて、私は「あ！」と声を上げた。

それは、かつおぶしを削って作った球体だった。

かろうじて土星の形に見える。どうやら、オーヴのつもりであるようだ。

きっと、猫からのお礼の品。

サラセニア・レウコフィラ

筋肉少女帯というロックバンドに「詩人オウムの世界」と題された楽曲があります。「オウム」と名乗る男が、彼を崇《あが》める者たちと共にテロを画策。しかし、裏切りによって警官隊に追われ、北の国へ流れ着くという内容。後に発生するオウム真理教騒動をあたかも予言したかのような歌詞なのですが、作詞者にそのつもりはまったくなく、もちろん彼が超能力者であるはずもなく、単に偶然であるのだそう。不思議なことってあるものです。

もしかしたら、大事件に関わる語句は、何かそれを予兆させる作品を事前に誰かに生み出させる未知のバイブスでも有しているのでしょうか？

あの、人々を震撼させた少女大量消失事件の発生した学校の名が「聖私立トリフィド学園」であったと知った時、数多くのオタクたちは「へっ⁉」とその名の奇妙すぎる偶然の一致に驚いたものです。

「へっ⁉　それじゃまるで『トリフィドの日』が予言の書だったみたいじゃないのよっ」と。

「トリフィドの日」とは、映画化もされた古い古いSF小説。人々が植物に襲われるというB級テイストの奇談。つまり、聖私立トリフィド学園の生徒たちの味わった恐怖と、あまりに酷似した内容が、発生数十年前にすでにSF小説家ジョン・ウィンダムの筆によって綴《つづ》られていたというわけです。

事の発端もまったく同じ。林間特訓へ出掛けた歌劇学校の女生徒二十一人が、引率の教師たちが町へ買い物へ行っているわずか数時間の内に、巨大化した食肉植物の群れによって亡き者にされてしまったこの驚異の事件。火蓋《ひぶた》を切ったのは〝流星群〟でした。

夕刻のオレンジの空に絵筆を一閃《いっせん》したかのようなサッ！　サーッ!!　と数本の流星の輝くライン。「ジギー・スターダスト」の歌劇版練習に余念のなかった少女たちも思わず見上げてしまったのです。

「まぁ、なんて綺麗《きれい》な…あっ！」

女生徒の一人が目を覆いました。

「まぶしいっ」

「目が、目が痛いっ」

一人、また一人、人気のない山奥に造られた人工庭園に両目を覆って倒れこんでいきました。

「目が、目が見えないっ！」

みんながみんな、流星を見た直後、盲目になってしまったのです。まぶしさのため？

いえいえ、その後のさらなる怪異を知ったなら、むしろ何らかの特殊な放射線が流星群より発せられていたと考える方が妥当でありましょう。

「助けて！　どうなっているの⁉」

「わからない、目が、目が…」

「待って！　みんな、耳をすませて！」

本番さながらの練習のため、華美な装いに身を包んでいた彼女たち（もっとも、この学校の少女たちは普段から不必要にヒラヒラのついた服でめかしこんでおりましたが）は、人工庭園の芝の上でもがきながら、一人の呼び掛けに応《こた》えて泣き叫ぶのをやめ耳をすませました。すると…

「…来る…何かがいっぱいこっちに来る？」

「何⁉　あれは何の音なの？」

「ザワザワ…ザワザワと聞こえているわ」

「ザワザワ…ザワザワ…ザワザワ…」

「ザワ…ザワザワザワ何あれは何⁉」

「聞こえる…ザワザワ…近づいてくる…ザワザワ…増えていく…ザワザワザワザワザワザワ—」

「増えてる！　増えてるわ‼　ザワザワザワザワザワザワザワザワザワザワザワ‼」

「囲まれたわよ私たち！」

「すぐそこまで！　ああ!!　ザワザワ!!　近くよ!!　近くにいるわ!!　ザワザワザワ!!」

「すぐそこよ!!　耳のそばまで！　ああっ大きくなる！　ザワザワが耳のすぐそこででっかく聞こえるわーっ！」


ザワザワザワザワ!!


「触れた！　ザワザワが私に触れた！」

「包んだ！　ザワザワが私の体を包んだわっ！」

「からんだ!!　私の体にからんだ!!」

「落ちた！　私の体はそれの中に落ちたわっ」

「吸い込まれた！　私の体は吸い込まれたわっ！　でも見えないの！　何も見えないの！　みんなどうなってしまったの誰か教えてっ！」

「見えないのよっ、私だって見えないのっ」

筆者が代わってズバリと状況説明するならば、少女たちは先にも述べた通り、巨大化した食肉植物の群れに包囲され襲撃されたのでありました。

流星群の特殊な放射線によるものなのか、神の稚的なイタズラによるものなのか、ザワザワと音を立てて巨大化していった食肉植物たち（また奇妙なことに、その山の中で他に巨大化した植物は黒薔薇《ばら》のみであったという）は、意志あるもののごとく少女たちを包囲し、盲目がゆえ身をかわすことのかなわぬ彼女たちを、一人、また一人とおいしそうに（筆者想像）ほおばり始めていったのでありました。食いしんぼう植物たちの名をここにズラリと列挙してみましょうか？

まずはムジナモ。日頃は地味にプランクトンを主食としている浮遊性の水草が、陸に上がってでっかくなったのをいいことに、ジャニーズの某君に夢中の絵衣子《えいこ》をツルリと一瞬で呑《の》み込みました。

ウトリクラリア・レチクラタは中国生まれの食虫草。万引癖の直らない美左子《みさこ》をおしおきとばかりにその植物袋の中にポーンと放り込みました。どろりどろりと消化されながら美左子は、それでも「お金払えばいいんでしょ」と逆ギレ、悪態をついたといいます（筆者想像）。

青年教師を取りあって仲たがいをしていたレイとケイは、まとめてサラセニア・レウコフィラの葉の筒の中へと落下していきました。一度落ちたら二度と這《は》い上がれぬサラセニアの細長い闇の底。

「でもあの人は私のものよ」とレイ。答えてケイが「いいわ、よく考えたらそれほどの人でもなかったし、あげる」と青年教師に冷めた時、レイは死んでいくモチベーションを見失って思わず「チッ！」と舌打ちをしてみました。

黒人美少女ティナ・オロゴンは腺毛《せんもう》の無数に生えた植物にクルリと巻かれました。本来は他校の駅伝部活性化のために招聘《しょうへい》された留学生のオロゴンですが、手違いで歌劇学校に入ってしまった上に惨劇に巻き込まれたのです。

「イッ、私ハ、走ルノーデスカ?」

疑問に思いながら歌い続けて半年で結局、アスリートは一度も走ることなく食肉植物カペンシスに食されるはめとなりました。奇《く》しくもカペンシスは南アフリカの植物なのでした。

「アル意味、コレデ故郷ニ帰レマース」

ティナの故郷は十五人兄弟であります。どうでもいいことだが。

ハエトリグサはその最も見ためにわかりやすい凶悪な二枚のトゲ付き葉によって、十人の少女たちを捕え、バックバクと食しました。

教師たちが人工庭園に戻った時にはもう、食肉植物たちは巨大化はそのままに、満足したのであろう、身動きすることはありませんでした。

自衛隊がこじ開けた、切り開いた植物の中には少女たちの髪の毛以外、骨一本として残ってはいませんでした。消化吸収がよいのです。

自衛隊は数十年ぶりにメーサー対怪獣兵器を発動、巨大植物を全《すべ》て焼き払い、灰は米軍駐屯地グラウンド整備に肥料として使用され、翌年にはたくさんの花をそこに咲かせることとなりました。

想像ではなく、筆者はあるルートから本事件に生き残った少女が一人だけいたことを知っています。

このことはここで一度だけ書きます。他でも書くかもしれませんが、その場合もやはりゴシック&ロリータ系の雑誌でありましょう。けっして「egg」にも「CanCam」にも書きやしませんので読者はご安心召されたい。

生き残ったのは根暗オタクな性格ゆえに学園内で蛇蝎《だかつ》のごとく嫌われていたゴン子です。ゴン子は今どきハヤカワSF文庫（青背表紙のも白背表紙のも）を揃えているような娘でもあったから、「流星群を見ると、一時的に目が見えなくなりそのスキに植物に襲われる」という「トリフィドの日」から発生したSFジョークのいろはを覚えていたのです。だからあの夕刻は少女たちが流星群を見上げる中でただ一人、じっと懐中時計の文字盤の微妙な汚れを食い入るようにでっかいマナコで凝視して、難を逃れることに成功しました。

少女たちが食らわれている間は、人工庭園の隅でマニアックなものまね（「俺、種子島《たねがしま》って知ってるぜ」と家臣に自慢してみせる織田信長）などして時間をつぶし、そして少女たちの体が消化され、教師が戻るまでの短い時間に、ある、うまいことをやってのけたのです。

巨大化した食肉植物たちは、少女たちの身体を溶かすことには成功したけれど、毛髪と着ていた華美なお洋服を消化吸収する能力は持っていませんでした。巨大化の際に失ったのです（筆者言い切り）。ゴン子は、動かなくなった食肉植物の群れによじのぼり、ハエトリグサの葉を開き、モウセンゴケの腺毛を一本一本めくって、ゲンリセア・ヒスピズラの中から、ピンキグラ・プリムリフロラの内から、洋服だけを頂戴《ちょうだい》して、ダイハツの軽トラの荷台に積んで、オートマをいいことに、そのままブーンと走って現場からトンズラこいたのです。

今、東池袋のはずれのサンシャイン60のちょっと手前あたりで、見たこともない美しいお洋服が大量に売り出されていますね。

歌劇に使うようなイカしたデザイン。異様な美のバイブスを発しているのは、少女たちの死を密接に見てしまったお洋服たちだから。

目玉の飛び出るような値段なのに、ウワサを聞いた女の子たちが、自分も飛びっ切りのおしゃれをして、買いに行っているとのことです。

でもあんまり素敵な恰好《かっこう》で行くのはおよしなさい。

店長のゴン子が欲しがるほどイカした服で出掛けるとね、奥の試着室に案内されてしまうんだ。

ディスプレイの服を渡されて、カーテンを閉められたら、足下がポーンと抜けて、そのままゴン子が軽トラに積んで密《ひそ》かに持ち帰った、サラセニア・レウコフィラの闇の底へと落ちてポトン。ドロドロドロ……――

月光の道化師

その頃、魔都東京では、二人以上の人が集まれば、〝月光の道化師〟の話でもちきりでした。

煌煌《こうこう》と、空に月の輝く夜、それも、ほんの少しばかり赤味を帯びた月が魔都の路地を照らし出すミッド・ナイトともなると、どこからかその怪しき人物が現れて、闇に蠢《うごめ》くというのです。

怪人はおどけたピエロの服を着て、顔も道化のメイキャップ。泣いているのか笑っているのか判断のつきかねる顔をして、奇怪な踊りさえ披露《ひろう》するといいます。いえ、踊るばかりではないのです。ふと深夜、怪しい気配に目を覚まし、そうっと窓の外を覗《のぞ》いた少女たちを、まるで魔術でもかけるかのように、一人、また一人と魔都の夜へと誘い出すのです。そうしてそのまま、彼女たちをいずれの彼方《かなた》へかと連れ去って、少女たちは二度と家へは帰って来ないというのです。

それも、常日頃からおしゃれに余念のない少女に限って、月光の道化師の魔の手にかかってしまうのでした。

もはや東京は阿鼻叫喚《あびきょうかん》。警察もお手上げの状態です。いっそアメリカのＦＢＩに助けを求めようかと人々が思いつめたその時、重い腰を上げて捜査に立ち上がった一人の男がありました。そう、名探偵明血《あけち》小十郎《こじゆうろう》その人です。


「小林森君、月光の道化師からの挑戦状が警察に届いたそうだよ」

明血探偵は東京郊外の古い洋館に、助手の小林森《こばやしもり》少年と二人きりで暮らしています。

「先生、なんと書いてあったのですか？」

「次の上弦の月が輝く夜に、この世で最も美しきものを盗む…そうあった」

「美しきもの？　それは一体なんでしょう？」

「美しきもの。君はなんだと思うかね？」

「沢山あります。孤島に閉じこめられた気狂いの双子。殺された娘を中身につめた革の椅子。深夜0時にボーンと柱時計の鳴る赤い部屋。黒い蜥蜴《とかげ》。銀のティアラ。人形しか愛せぬろくでなしの恋…それに…えっと…」

「不必要にヒラヒラのついた服を着こんだ夢見がちな美少女」

「あっ！」

「そう、月光の道化師の狙いは、おしゃれな少女たちさ」

「先生、どうすればいいのです？」

「小林森君、君が囮《おとり》になるのです」

「えっ、なんですって…」

たじろぐ少年の目前で名探偵が鞄《かばん》を開きました。すると中には、おうっ！　ドレスとかつらが。美少女変身セット一式です。

「マルイワンに行ったんだがサイズがなくてねえ。アーティストの香奈《かな》君に頼んで特別に作ってもらったのさ。これを着て美少女に変装し、怪人のアジトに潜入して欲しいのだ」

「先生の発想は、悪魔のように素敵だ」

「アハハ、皆そう言うよ。アハハハハハ」

先生の指令に従って、小林森少年はドレスを着込んだのです。お化粧もして、鏡の前に立ち、そして思わず声を失いました。

「…これが、僕なの？」

考えていたより何百倍も美しかったのです。

アイデンティティ・クライシスを感じながらも、先生の言いつけ通りに、少年は上弦の月の夜、街へ出ました。

行き交う人たちが皆少年を振り向いて行きます。「ほう」「これは」どの人も美しさに感嘆しているのです。少年は嬉《うれ》しいような、恥ずかしいような、不思議な気持ちになりました。

「お嬢さん、そんなに綺麗《きれい》にしていると、怪人にさらわれますよ」

声をかけてくる親切な老人もあります。

「ありがとう。お気遣いなく…あっ！」

お礼を言おうと少年が振り向いたその時です。老人が自らの顔の皮をバリバリと引き裂いたのです。するとその下から現れたのは、泣き笑いのピエロのメイキャップ。

「月光の道化師だなっ」

ワハハハハハハ、とピエロが笑うと、もがく少年の口元にクロロフォルムを浸したハンケチをあてがいました。やがて力が抜け、人形のように動かなくなった少年をヒョイッと肩に乗せて、道化師は魔都の闇の中へと消えて行ったのです。


それから、二年が過ぎました。

少年の帰りを待つ名探偵の洋館に、一通の封書が届いたのです。開けてみるとそれは、行方不明の小林森少年からのものでした。


「愛《いと》しい先生、お元気でしょうか？　僕は月光の道化師のアジトで元気に暮らしています。先生、潜入のはずがこちらでの日々にすっかり順応してしまったのです。僕はこちらでは両性具有の存在として、誰からも愛され、また逆に、誰をも愛する権利をいただいています。美しきものに性の別などはなく、ただ美しさのみが輝いていれば、その存在は意味を成しているのです。毎日、少女たちと一緒に語らい、歌い、本を読み、今は綱渡りや空中ブランコの練習をしています。月光の道化師の夢は、世界中の美しきものを集め、サーカス団を作ることだったのです。僕は一番の弟子となり、手品師や、猛獣使いの幕間《まくあい》に人々の前に躍り出て、うんとおどけて見せるつもりでいます。旅に出て、世界を巡り、人々を笑わせ、泣かせ、そうして、またいつか先生のいる所へ戻っていくのかもしれません。でも、今は忘れていただきたいのです。僕が一人前のピエロになるまでは、どうぞ僕のことをお忘れになってください。月が、上弦の月があの二人の洋館の屋根を照らし出す夜だけ、そっと、思い出していただけたなら嬉しい。

先生へ、それでも貴方《あなた》の小林森より」


「先生、なぜ泣いているのですか？」

「なんでもないよ…小林森君」

明血小十郎は助手の少年に笑いかけました。囮に出した少年が帰って来ないと悟った彼は、早速、身寄りのない少年を引き取り、二代目小林森として共に暮らしていたのです。

「どなたかがお亡くなりになったのでは？」

「違うんだよ小林森君。彼の幸福を思って涙しているのさ。誰だって夢に生きたいけれど、なかなかできないのさ。私の愛すべき美しきものが、夢に生きることを決めて別れを告げてきたのさ。

できるものではないものねぇ」

二代目小林森少年が不思議そうに見つめています。名探偵は聞こえぬように、そっと口元でつぶやいてみました。

「うつし世は夢　夜の夢こそまこと…」

ぼくらのロマン飛行

真っ暗の中にマーヤは一人ぽっちでその身を縮めていました。

もう何度となくそうやって、じっと爆発を待ったものですが、未《いま》だに慣れるということはありません。

『もしかしたら、ずっとこの闇の中に私は置き忘れられて、カーニバルも終わってしまい、ごはんも食べられないで私は、ある時〝あっ、マーヤのやつはそういやどうした?〟とノコノコ気が付いた団長さんに発見された時には、すすだらけで灰色の骨だけになってしまってるんじゃないかしら』

恐ろしく思うこともしばしばでしたし、あるいは、空気圧が弱すぎて、目的落下地点よりずっと前の、白トラのオリのあたりで落っこちて、食べられてやっぱり骨になってしまうのかなとか、ミジメな最期を想像することもよくありました。暗闇は、人を夢想家にするものなのです。

特に今日は、空気圧を最大にしてあるのです。先刻マーヤは誰にも気付かれることなく機械を調整することに成功しました。もし見つかったら団長にまたヒドい目にあわされることでしょう。

真っ暗の中でマーヤは、パン三つと干しぶどう少々を必要とした母のために、団長に売られてここへ来た日のことを思い出しました。そうして、同じように方々から集められて来た子供たちと、玉乗りや綱渡りの苦しい修業を重ねた日々を、優しくしてくれたフリークショーのワニ女やエレファントマンの笑顔を、一つひとつ、思い浮かべました。

『もしかしたらこの闇の世界にずっといることこそが私の幸福なのかもわからない』

マーヤはそうも思いました。けれど、移動式屋外サーカスが、この古い街のカーニバルを訪れたあの日から、マーヤはもう、ムクムクと自分の胸に広がっていったある決意を、どうにも止めることが出来なくなっていたのです。

わーん、わーん！　サーカスに集う人々の声が、鉄の筒を通して少女の耳に聞こえて来ました。口の中からスポンジを二つ取り出すと、マーヤはそれを耳に入れ栓にしました。

くっとアゴを上げ上方を見つめるマーヤの顔を、太陽の光が円形に照らしました。団長が、筒のフタを開けたのです。

マーヤの瞳《ひとみ》に、空は、ポッカリまん丸の青でした。

『さぁさぁ皆さん、いよいよ人間ロケットの発射だよ』

団長の口上。チラリと彼が筒の中を覗《のぞ》き込みました。団長の顔には戦争で受けたという傷が縦断しています。『親や仲間に裏切られた時のものよ。この傷の消えぬ限り俺は人の情とか愛なんて言葉は一切合切信じねぇ。マーヤ、お前も覚えときやがれ』何度聞いたかわからないそれが団長の口ぐせでした。

「圧縮した空気でもって、はるか遊園地の端っこまで人間様をポーンと空へ飛ばす大砲だよ！　砲弾となるのはなんとまだ16歳の娘マーヤ！　それ発射だぞマーヤ」

　マーヤは大砲の筒の中で発射に備えて身構えました。両手を上方に伸ばし、顔を伏せます。まもなく強烈な空気圧が少女を空へと放り投げるのです。スイッチを押すのは団長の弟です。毎晩兄に殴られている口のきけない彼は、マーヤがいなくなったらどんな仕打ちを受けることになるのでしょう。マーヤの胸がチクリと痛みました。

　だけどマーヤの心はもう止められない。

「発射！」団長が叫びました。

「ドーン！　すごい音がして大砲の口から勢いよく少女の体が飛び出しました。

　観客たちは息を呑《の》みました。空《くう》を切って上へ上へと飛んで行くマーヤがスカートをはいていたからです。ドロワーズでパンツこそ見えないものの、狭い筒の中で縮まっていたパニエが一気に膨らんで、少女のスカートは空に開いた一輪の花のよう。赤い色が空の青にくっきりと映え、多くの人が空中に咲いたチューリップを連想したといいます。

　人々の頭上はるか高く、マーヤが飛んで行きました。地上では団長が叫びます。

「飛んで行けマーヤ！　そして小人たちが持つ網の的まで一気に…あれ⁉　えっ！　え〜⁉」

団長がガク然と空を見つめています。

サーカスの端では四人の小人たちが、落下してくるマーヤを受け取めるために、クモの巣の形に編んだ網を広げていました。ところがマーヤの体は、とてもその位置で飛行を終了させるとは思えぬほどに、遠く高く、飛翔《ひしよう》を続けているのです。

両手を広げ、ピンとつま先を伸ばして、少女は天にも届けと飛んで行ってしまいます。高さは、空中ブランコの塔を越え、距離でも軽く遊園地の敷地を越えて、青空の中を真っ赤なマーヤのスカートは、もう、風に乗りそうな勢いなのです。

「おいマーヤ！　逃げやがったなテメー！」

団長が怒鳴ってマーヤを追いかけ始めました。サーカスの人々が続いて後を追います。観客たちが何事かと固唾《かたず》を呑んでいます。その間にもマーヤの体はみるみる飛び去って行くのです。

マーヤと同時にこのサーカスに売られてきたミイという娘が、道化のメイクで空を見上げていました。ハッ！　と何かに気が付いた彼女、空中のチューリップに向かって叫びました。

「マーヤ！　さようなら！　ふり向くな！　どこまでも飛んで行くんだよ」

トーイはひとりぽっちでため息をついていました。

ご主人に積んでおけといわれた藁《わら》ですが、あまりに沢山で、とても夕刻までに終わるとは思えません。終わらなければまた夕食は抜きです。パン三つと干しぶどう少々のために、この農場に売られてきて以来、トーイに楽しいことなど何一つありませんでした。唯一、秋になると農園のすぐ横に、カーニバルに合わせてやって来る移動式遊園地の、楽しげな音楽や人々の喜ぶ声を、作業をしながら聞き耳を立てることぐらいでした。サーカスは三年ほど前から来るようになりました。

特に、人間ロケットの発射が大好きでした。ドーン！　と胸のすくような音自体も心地よかったし、ご主人の目を盗んでこっそり後ろ上方を振り向けば、青い空を飛ぶ、赤いスカートの少女の姿を、一瞬だけでも見ることが出来たからです。

少女はいつも、この農園まで飛んで来るかに見えて、空中で失速し、サーカスの敷地の端に落下して少年の視界から消えてしまいました。

『あの娘《こ》、こっちまで飛んで来てくれたらよいのにな』

そんなバカなことを思ったりもしました。

もう一つ深いため息をついたところで、また背後で人間ロケットの発射音がしました。

トーイは「あれ？」とつぶやきました。

いつもより何倍も、その音が大きかったように思われたからです。

ご主人はサーカスを見に行っていて今いません。トーイは振り返って空を見上げました。赤いチューリップがまっ青の空に花開いていました。

花は、グングンとトーイの方へ近付いていていました。

「え⁉」

失速する気配もありません。

「危ない」

このままではサーカスと農園の境を軽く越えてしまいます。

「ああっ！　もう駄目だ。落ちてくる！」

トーイが目をつぶりました。

少年の目前で爆発したように藁が飛び散りました。マーヤが藁の上に落っこちたのです。

藁の山はトーイの身長の三倍も高さがありました。とは言え、あれ程の勢いで落下したのです、大丈夫なのでしょうか。

「お、おい君！　どこにいる⁉　平気か？」

トーイが藁の山に向かって叫びました。返事はありません。ところが、山の中ほどが地割れのようにパックリと割れて、赤いスカートのマーヤが飛び出して来たではありませんか。

藁だらけの体をトーイが払ってあげました。

「き、君、ケガはない？」

「全然平気よ」

「いったいどうしたの？　空気圧を間違えたんだね」

「違うの、私が細工したの。わざと空気圧を最大にしたの」

「何でそんなこと、危ないじゃないか」

「あんたに会うため」

えっ？　とトーイが阿呆《あほ》のように口を開けました。

「初めてこの街へ来た時から、あんたが気になって、飛ぶたびに農園が見えて、あんたがいつも空を見上げてて、空中と地上とで、目と目が合っていたような気がして、何だろうこの人って…マーヤに何か言いたいんだろうかって、一度、直接会って聞いてみたくって」

「…それで、飛んで来ちゃったの？」

「飛んで来ちゃったの。あんたに会いに飛んで来ちゃったの」

トーイは言葉が出ませんでした。

「ね、あんた、私に言いたいこと…別にないよね」

マーヤがさびしげに笑いました。『とんでもないバカなことしちゃったな私』という表情。

その顔を見て、トーイは、農園に売られた日のことを思い出しました。トーイを見送ってくれたおジーちゃんは、昔、戦士だったそうですが、すっかりボケてしまい、可愛い孫との別れだというのに、トンチンカンな言葉をトーイに言ったものです。

『トーイ、男はな、女に恥をかかせちゃならん、おもんぱかって、先手先手で、女の想いを男が代弁してやるべきじゃ。そうすればなトーイ…やれるぜ、ウッシッシッシッシ！』

変なジーさんでしたが、トーイは教えを守るべきだと思いました。マーヤに、言ったのです。

「いや、ある。言いたいこと、あるよ」

「え」

「僕たち、二人でここから出て行こう」

「うん」

「地上から君にそう目で語りかけてたんだ。ずっとね」

「私は、空からあんたに同じことを。いつも」

「僕、トーイ」

「私、マーヤ」

トーイとマーヤが握手をしました。

そして握り合ったまま、二人揃って、農園の出口へと向かったのです。このままどこまでも、二人は逃げて行こうと決意したのです。

…読者はこの展開を唐突と思うでありましょうか？　そうであるなら、貴女《あなた》は残念ながらまだ本当の恋を知らない。

理屈ではないのです。

恋とは「空を飛んで会いに行く」と決める程の激情であり、また、「今すぐどこかへ二人っきりで旅立とう」と告げるだけの勇気なのであります。だから、空を飛んで会いに来た少女と、受け入れた少年が、手をつなぎ、意気揚々と歩き出すのはむしろ必然の出来事というものなのです。

「こら待てマーヤ!!」

「どこへ行くトーイ!!」

農園を出たところで、団長とご主人が二人を追いかけて馬で現れました。大勢の手下も引き連れています。

手をつないだまま二人は走り出しました。

人々が追いかけても気にもしません。

少年と少女は一本道の真ん中を走って行きます。

すぐに追いつかれ、団長の手がマーヤのたなびく髪をつかまえようとしています。

それでも二人はちっとも気にしない。

見つめ合い、ニコリと微笑みました。

「行こう、マーヤ」

「うん、トーイ」

フワリ、と、人々の面前で、手を握り合った二人が空へと浮かび始めたではありませんか。

そのままどこまでも、高く高く舞い上がっていきます。

地上の人々は呆然《ぼうぜん》と飛んで行く二人を見上げるばかり。

二人の飛翔《ひしょう》にも特別な理屈はありません。

――恋が奇蹟《きせき》を生んだ――

ま、そういうことでありましょう。

やがて二人の姿は、青い空の上に、消えて見えなくなりました。

二人がその後、どんなふうになったのか知る者は誰もおりません。でも、きっと、末永く幸福に暮らしたのでしょう。

そうに、決まっていますよね。

あとがき

もう読んでくださいましたか？　ありがとう。買おうかどうか考えてるとこですか？　よろしくお願いします。

本書は、少女ファッション雑誌「ゴシック&ロリータバイブル」に連載していた掌編を集めた『大槻ケンヂ短篇集　ゴスロリ幻想劇場』に、単行本未収録であった七編を追加、逆に単行本収録の中から二編を除いた文庫版です。除いた掌編のうちの一つである「ステーシー異聞　再殺部隊隊長の回想」は08年現在、『ステーシーズ　少女再殺全談』に収録されています。

少女ファッション雑誌に連載されていたことから、ロマンティック・センチメンタルメルヘンの要素の強い作品が主体となっていますが、そこは私のことなので、もう一度よく読めば意外と、残酷だったり意地悪だったりエロティックだったり、そしてマニアックなネタが隠し味に使われていたりと、性別、年代を問わず楽しんでもらえる小説集になっていると思います。

08年12月現在、私は筋肉少女帯や、大槻ケンヂと絶望少女達、特撮、アンプラグドスタイルその他、さまざまなバンド、プロジェクトでロック活動を行っています。ぜひ一度、ライブに遊びに来てくださいね。

本書は、二〇〇五年十二月にインデックス・コミュニケーションズから刊行された『大槻ケンヂ短篇集　ゴスロリ幻想劇場』に、単行本未収録作品を加え改題のうえ、文庫化しました。

ゴシック&ロリータ幻《げん》想《そう》劇《げき》場《じょう》

大槻《おおつき》ケンヂ

平成21年 1月25日　初版発行
令和7年 10月10日　8版発行

発行者●山下直久

発行●株式会社KADOKAWA
〒102-8177　東京都千代田区富士見2-13-3
電話　0570-002-301(ナビダイヤル)

角川文庫 15515

印刷所●株式会社KADOKAWA
製本所●株式会社KADOKAWA

表紙画●和田三造

●お問い合わせ
https://www.kadokawa.co.jp/ (「お問い合わせ」へお進みください)
※内容によっては、お答えできない場合があります。
※サポートは日本国内のみとさせていただきます。
※Japanese text only

ISBN978-4-04-184718-3　C0193

◆◇◇

角川文庫発刊に際して

角川源義

第二次世界大戦の敗北は、軍事力の敗北であった以上に、私たちの若い文化力の敗退であった。私たちの文化が戦争に対して如何に無力であり、単なるあだ花に過ぎなかったかを、私たちは身を以て体験し痛感した。西洋近代文化の摂取にとって、明治以後八十年の歳月は決して短かすぎたとは言えない。にもかかわらず、近代文化の伝統を確立し、自由な批判と柔軟な良識に富む文化層として自らを形成することに私たちは失敗して来た。そしてこれは、各層への文化の普及滲透を任務とする出版人の責任でもあった。

一九四五年以来、私たちは再び振出しに戻り、第一歩から踏み出すことを余儀なくされた。これは大きな不幸ではあるが、反面、これまでの混沌・未熟・歪曲の中にあった我が国の文化に秩序と確たる基礎を齎らすためには絶好の機会でもある。角川書店は、このような祖国の文化的危機にあたり、微力をも顧みず再建の礎石たるべき抱負と決意とをもって出発したが、ここに創立以来の念願を果すべく角川文庫を発刊する。これまで刊行されたあらゆる全集叢書文庫類の長所と短所とを検討し、古今東西の不朽の典籍を、良心的編集のもとに、廉価に、そして書架にふさわしい美本として、多くのひとびとに提供しようとする。しかし私たちは徒らに百科全書的な知識のジレッタントを作ることを目的とせず、あくまで祖国の文化に秩序と再建への道を示し、この文庫を角川書店の栄ある事業として、今後永久に継続発展せしめ、学芸と教養との殿堂として大成せんことを期したい。多くの読書子の愛情ある忠言と支持とによって、この希望と抱負とを完遂せしめられんことを願う。

一九四九年五月三日